光文社文庫

長編時代小説

夢幻

吉原裏同心(22)
決定版

佐伯泰英

光　文　社

目次

新吉原廓内図

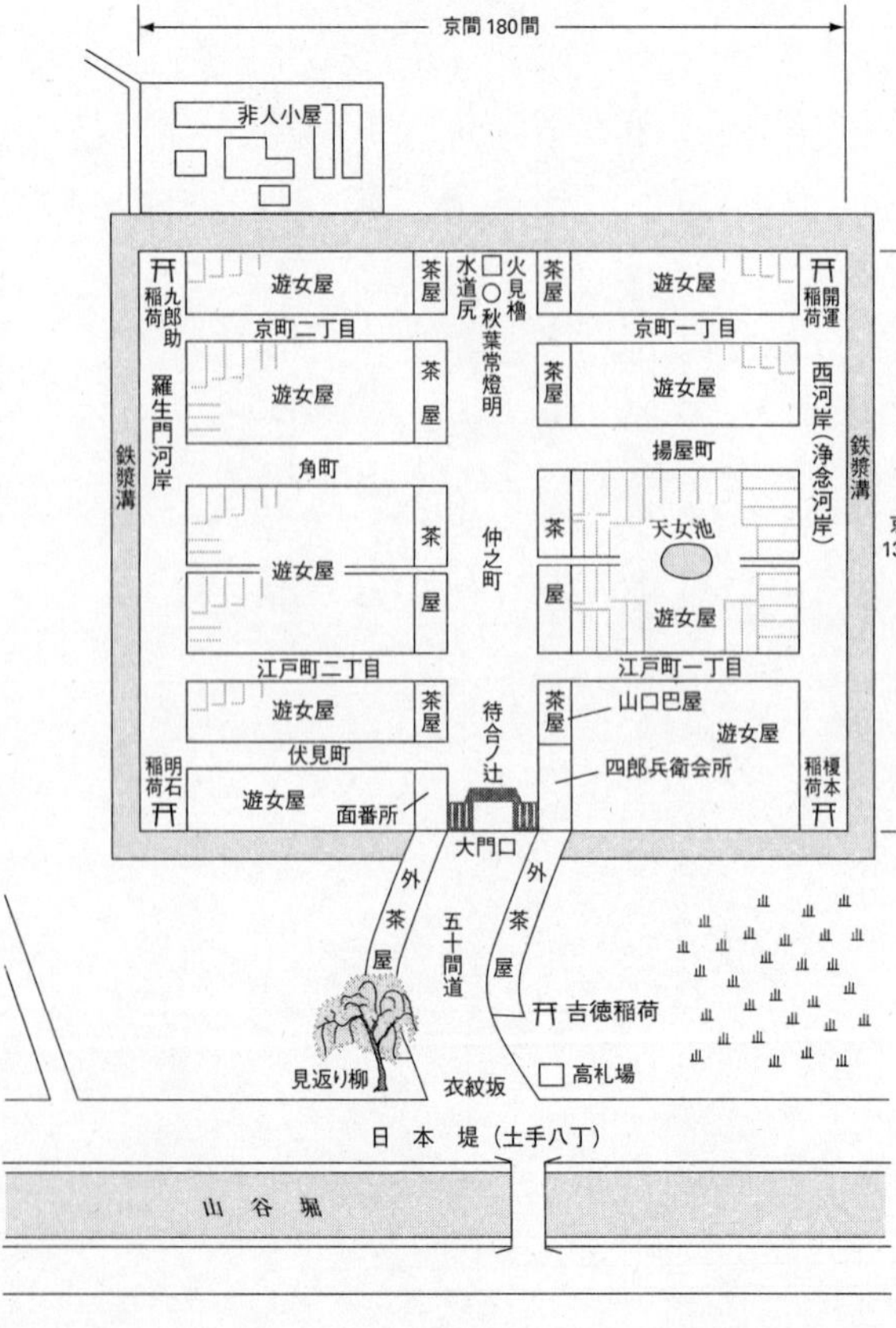
京間180間
非人小屋
稲荷九郎助
遊女屋
茶屋
水道尻
火見櫓
秋葉常燈明
茶屋
遊女屋
開運稲荷
京町二丁目
京町一丁目
羅生門河岸
遊女屋
茶屋
茶屋
遊女屋
西河岸(浄念河岸)
鉄漿溝
鉄漿溝
揚屋町
角町
天女池
京間135間
茶
仲之町
茶
遊女屋
屋
屋
遊女屋
江戸町二丁目
江戸町一丁目
遊女屋
茶屋
待合ノ辻
茶屋
山口巴屋
遊女屋
伏見町
明石稲荷
四郎兵衛会所
榎本稲荷
遊女屋
面番所
大門口
外茶屋
五十間道
外茶屋
吉徳稲荷
高札場
見返り柳
衣紋坂
日本堤(土手八丁)
山谷堀

北
東
南
西
鐘ヶ淵
千住大橋
荒川
隅田村
三河島
日暮里
田端
千住道
小塚原
駒込
隅田川
日本堤
谷中
金杉上町
新吉原
今戸町
千駄木
鷲神社
山谷堀
今戸橋
白山
下谷
東叡山寛永寺
浅草寺
根津権現
東本願寺
御薬園
小石川
本郷
中堂
幡随院
広徳寺
阿部川町
浅草花川戸町
伝通院
新堀川
吾妻橋
不忍池
田原町
竹町ノ渡し
三間町
菊坂町
池之端仲町
下谷広小路
御徒町
並木町
駒形堂
湯島天神
蔵前
水戸徳川家
春日町
牛込
森田町
石原町
御米蔵
神田川
神田明神
外神田
神楽坂
牛込御門
小石川御門
水道橋
向柳原
天王町
浅草橋
柳橋
御竹蔵
市谷
番町
昌平橋
筋違御門
和泉橋
柳原土手
両国広小路
本所
田安御門
俎板橋
雉子橋御門
一ツ橋御門
神田橋御門
内神田
馬喰町
両国橋
回向院
竪川
市谷御門
清水御門
小伝馬町
今川橋
日本橋
新大橋
常盤橋御門
小名木川
麹町
室町
江戸橋
仙台堀
深川
江戸城
半蔵御門
北町奉行所
呉服橋御門
日本橋
南茅場町
材木町
永代橋
西之御丸
南町奉行所
鍛冶橋御門
京橋
組屋敷
八丁堀
霊岸島
富岡八幡宮
桜田御門
永田町
赤坂御門
数寄屋橋御門
西本願寺
石川島
越中島
山王日枝神社
新橋
築地
佃島
溜池
幸橋御門
汐留橋

『夢幻』主な登場人物

神守幹次郎……豊後岡藩の馬廻り役だったが、幼馴染で納戸頭の妻になった汀女とともに逐電の後、江戸へ。吉原会所の七代目頭取・四郎兵衛と出会い、剣の腕と人柄を見込まれ、「吉原裏同心」となる。薩摩示現流と眼志流居合の遣い手。

汀女……幹次郎の妻女。豊後岡藩の納戸頭との理不尽な婚姻に苦しんでいたが、幹次郎と逐電、長い流浪の末、吉原へ流れつく。遊女たちの手習いの師匠を務め、また浅草の料理茶屋「山口巴屋」の商いを手伝っている。

四郎兵衛……吉原会所の七代目頭取。吉原の奉行ともいうべき存在で、江戸幕府の許しを得た「御免色里」を司っている。幹次郎と汀女を吉原に迎え入れた後見役。

仙右衛門……吉原会所の番方。四郎兵衛の右腕であり、幹次郎の信頼する友。

玉藻……四郎兵衛の娘。仲之町の引手茶屋「山口巴屋」の女将。

三浦屋 四郎左衛門……大見世・三浦屋の楼主。吉原五丁町の総名主にして四郎兵衛の盟友であり、ともに吉原を支える。

薄墨太夫……吉原で人気絶頂、大見世・三浦屋の花魁。吉原炎上の際に幹次郎に助け出され、その後、幹次郎のことを思い続けている。幹次郎の妻・汀女とは姉妹のように親しい。

身代わりの左吉……罪を犯した者の身代わりで牢に入る稼業を生業とする。裏社会に顔の利く幹次郎の友。

村崎季光……南町奉行所隠密廻り同心。吉原にある面番所に詰めている。

桑平市松……南町奉行所の定町廻り同心。以前に探索が行き詰まった際、幹次郎と協力し事件を解決に導いた。足で探索をする優秀な同心として知られている。

足田甚吉……豊後岡藩の長屋で幹次郎や汀女と一緒に育った幼馴染。岡藩の中間を辞したあと、吉原に身を寄せ、料理茶屋「山口巴屋」で働いている。

柴田相庵……浅草山谷町にある診療所の医者。お芳の父親ともいえる存在。

お芳……柴田相庵の診療所の助手。幼馴染の仙右衛門と夫婦となった。

長吉……吉原会所の若い衆を束ねる小頭。

金次……吉原会所の若い衆。

政吉……吉原会所の息のかかった船宿牡丹屋の老練な船頭。

夢幻——吉原裏同心（22）

第一章　木枯らし一番

一

寛政《かんせい》二年（一七九〇）霜月《しもつき》。

江戸に冬を告げる使者、木枯らしが吹き荒れていた。

お店《たな》は冷たい風が吹き始めた昼下がりより表戸を半分閉めたり、通用口だけを開けたりして、客を出入りさせていた。そうしなければ馬糞《ばふん》混じりの土埃《つちぼこり》が店に入ってきて品物を汚すからだ。

不夜城を誇る官許《かんきょ》の吉原《よしわら》とて容赦なく木枯らしが北から吹き寄せ、仲之町《なかのちょう》を一気に駆け抜けていく。

引手茶屋《ひきてぢゃや》や妓楼《ぎろう》を華やかに照らす軒下《のきした》の紅提灯《くれないぢょうちん》も火事を恐れて下げられ、

たそや行灯《あんどん》の灯《あか》りが点《とも》るだけで、いつもより暗い仲之町であった。

たそや行灯とは常夜灯、防犯灯だ。

その昔、庄司甚右衛門《しょうじじんえもん》が営《いとな》んでいた妓楼西田屋《にしだや》のたそやという遊女が揚屋《あげや》からの帰り道に暗がりで殺されたために、鉄漿溝《おはぐろどぶ》と高塀に囲まれた遊里のあちらこちらに行灯を点す習《なら》わしができた。そして、いつしかこの行灯を設《もう》けるきっかけとなった「たそや」の名を取って、

「たそや行灯」

と呼ぶようになった。だが、もはやたそや行灯の名の由来を知る人も少なくなった。

客の姿も少ない、いやほとんど見かけない。

木枯らしに抗《こう》して駕籠《かご》を飛ばしてきた客は、大門《おおもん》を潜《くぐ》ると走り込むようにして馴染《なじみ》の引手茶屋に上がった。

どこの飼犬か野良犬か、尻尾を下げて木枯らしが吹き込まない蜘蛛道《くもみち》に逃げ込んでいった。

吉原会所の飼犬の遠助《とおすけ》も広土間の片隅で丸まって、時が過ぎるのを待っていた。

ともあれ万灯《まんどう》の灯りに夜な夜な浮き上がる美姫《びき》三千の遊里も、木枯らしとたそ

や行灯の灯りだけでは暗く沈み込まざるを得ない。それでも妓楼の格子《こうし》の向こうでは、遊女らが張見世《はりみせ》をして客待ちをしていたが、いつまで経ってもふだんは馴染客や素見《ひやかし》で賑《にぎ》わう五丁町《ごちょうまち》に人影はなかった。

侘《わび》しげに、寂しげに清掻《すががき》の爪弾《つまび》きが鳴っていたが、いつの間にかその調べも木枯らしの音にかき消された。

妓楼では張見世の行灯に精々《せいぜい》灯りを点して数少ない客を迎える努力をしようとはしていた。だが、格子窓を風が抜けて灯心を揺らし消していく。男衆《おとこし》がそのたびに灯心に新たに火を移し替えるのだが、また直《す》ぐに吹き消された。ために張見世の行灯の灯りも消されたままになった楼が多かった。客寄せの灯りも大事だが、この風で行灯が倒れて火事にでもなれば大惨事《だいさんじ》へとつながる。

「この風はなんでありんすか」

と首を竦《すく》めた禿《かむろ》が漏らすと、古手《ふるて》の遊女が、

「わちきの心を凍《こお》らす貧乏風にありんすわいな」

と掛け合った。だが、仲間の遊女のひとりとしてその軽口に乗ってくる気配はなかった。

なんとも寒々とした御免色里《ごめんいろざと》の吉原の宵だった。

吉原一の大籬《おおまがき》（大見世《おおみせ》）の三浦屋《みうらや》の張見世では、いつもながらの凜《りん》とした佇《たたず》まいが保たれ、数多《あまた》の仲間の遊女、新造《しんぞう》、禿を従えるように薄墨太夫《うすずみだゆう》が微動もせずに座していた。むろんこちらも灯りはいつもより少ない。わずかに箱火鉢《はこひばち》の炭の火が灯り代わりだった。

滅多《めった》にないことだが、吉原一と全盛を誇る薄墨太夫が木枯らしをものともせず張見世を続ける以上、他の遊女らは愚痴《ぐち》ひとつこぼせなかった。

仲之町から吉原会所の夜廻りが巡ってきて、

「さすがに三浦屋さんは木枯らしなんぞにびくともしてないな」

と若い衆《し》の金次《きんじ》が仲間に呟《つぶや》き、

「三浦屋の遊女衆、ご苦労に存じます。風が強うございます、行灯が倒れぬようご注意をお願い申します」

張見世の中に声をかけ、陰に隠れた男衆が、

「そちら様も見廻りご苦労にございますな」

と言葉を返した。

薄墨太夫のまつ毛が折りからの風に揺れて会所の見廻り一行に視線をやった。

だが、目当ての神守幹次郎《かみもりみきじろう》の姿はなかった。

薄墨の胸の中に柘榴《ざくろ》の家で幹次郎と汀女《ていじょ》が夕餉《ゆうげ》を摂《と》る景色が浮かんだ。それは一瞬のことで、

(かように風の強い宵にあの夫婦が吉原を離れることはない)

という考えが湧き、自らの嫉妬心《しっとしん》を抑えた。

「うっ」

と驚きの声が格子の外に響いた。

素見の客ふたりが三浦屋の前を通りかかり、いつもより沈んだ灯りながら習わし通りに張見世を務める遊女衆を見て息を呑んだ。

新造のひとりがちらりと客の形《なり》を見て、

(うちの客ではない)

と決めつけたが、そこは客商売だ。

「ようもかような宵に吉原に足を運んでくれました。お客人、一服しておいきなされ」

と格子の間から吸い付け煙草《たばこ》を差し出した。

「め、滅相《めっそう》もねえや。おれたちゃ素見だ。でえいち三浦屋の客じゃねえよ、精々小見世《こみせ》(総半籬《そうはんまがき》)に揚がる程度の輩《やから》よ」

と遠慮した。新造の口から、

ふっふっふふ

と声にならない笑い声が漏れて、

「なにもうちの楼に揚がれとは強《し》いませんよ。どこの楼に揚がろうと吉原のお客人には変わりはございませんのさ」

と尻込みする客の顔の前に煙管《キセル》が差し出され、

「いいのか、この煙草、吸ってよ」

と言いながらもおずおずと一服し、

「有難《ありがと》よ。おれが出世したら必ずこの三浦屋に揚がっておまえさんを名指しで呼ぶぜ」

「昔は小百合《さゆり》にありんした」

「今はなんと呼ばれてんだ」

「姥百合《うばゆり》にありんす」

「自ら名乗ることもねえよ、今だって小百合で愛らしいよ」

と言い返した素見が煙管を戻し、

「この風だ。馴染の客を待って精々稼《かせ》ぎなせえ、小百合太夫」

と言い残した客ふたりが格子前から風の中に消えた。

小百合はちらりと三浦屋のお職《しょく》、全盛を誇る薄墨太夫を見た。

素見の客と交わした会話を薄墨太夫がどう受け取ったか、気にしたのだ。

三浦屋の稼ぎ頭《がしら》の薄墨は決して口うるさい太夫ではなかった。だが、凜とした挙動や所作《しょさ》から滲《にじ》み出る貫禄《かんろく》があって、三浦屋の遊女たちはだれもが薄墨に一《いち》目《もく》も二目も置いて、太夫に認められることを心がけていた。

薄墨の頬に笑みがあった。

なにも言葉にしなくとも新造の小百合が素見に声をかけてこの場に景気をつけようとしたことを認める微笑《ほほえ》みに見えた。

会釈《えしゃく》を返した小百合は自らの座に戻った。

火鉢の火だけでは客への誘いの文《ふみ》も認《したた》められなかった。

格子の向こうを木枯らしが吹き荒れて、どこから来たか、天水桶《てんすいおけ》が転がっていった。すると声だけして吉原会所の若い衆が片づけている様子があった。

素見客が去って四半刻《しはんとき》(三十分)、格子の向こうに人影はなかった。

ぴーい
と夜空に按摩《あんま》の笛の音が響いた。

吉原に住む按摩の孫市《まごいち》が杖を頼りに格子の左手から右手へとゆっくりと通り過ぎていく。烈風が按摩の孫市の綿入《わたい》れの裾を吹き上げた。高下駄を履《は》いた細い脛《すね》がたそや行灯の灯りに浮かんだ。

ぴーい

「鍼灸《はりきゆう》はらとりおうかがーい」

と孫市が夜空に向かって声を上げたが、直ぐに木枯らしが吹き消した。

按摩のことを古くは「はらとり」といった。腹を中心にした揉《も》み療治であったからだ。そのうち次第に整骨、鍼灸などを加えて按摩療治を行うようになった。

そして江戸も中期を過ぎると、杉山流《すぎやまりゆう》を筆頭に鬼貫導引《おにつらどういん》、吉田《よしだ》、和田《わだ》、石坂《いしざか》、華岡《はなおか》、藤堂《とうどう》、村井《むらい》、御園《みその》、勝屋《かつや》など諸流が起こった。鍼灸按摩療治は、

「諸国盲人之を業とする者多し」

と公儀《こうぎ》から保護されていた。按摩は、

「按摩上下《かみしも》、二十四文《もん》！」

などと声を出しながら夜の町を歩いた。

吉原の孫市ら廓内《なか》の按摩は上下、すなわち上半身と下半身を療治し、百文取った。だが、客の大半は楼の主《あるじ》や馴染の客だ。百文にいくらか酒手《さかて》をつけて支払

った。ために、

「按摩の孫市は小銭を貯めているよ」

「小銭どころじゃないよ、もう二十年以上もこの吉原で按摩稼業《かぎょう》だよ。内々で金貸しもしているというし、いつも懐《ふところ》には四、五十両の財産を隠し持っているんだと」

などと蜘蛛道の奥に住む吉原の住人が噂することもあった。

「孫市さん」

と声がかかった。

京町《きょうまち》二丁目の奥にある小見世の池田屋《いけだや》の男衆からだ。

「へい、秀《ひで》さん、お有難うございます。お呼びは旦那様にございますか」

「いや、客だ。稲世《いねよ》さんの馴染でさ、千石船《せんごくぶね》の船頭さんだ。丁寧に揉んで次の機会につなげるんだよ、孫市さん」

「へいへい」

と高下駄を脱いだ孫市の手を男衆が引いて二階へと案内していった。

木枯らしはひと晩じゅう吹き荒れると思われたが、五つ（午後八時）前に不意にやんだ。

ために灯りを消していた妓楼は慌《あわ》てて提灯、行灯に灯りを入れて客を待つ、いつもの構えに入った。

冷たい風がやんだのはなにも吉原だけではなかった。遊びをためらっていたお店者《たなもの》や職人衆が気を取り直して、

「木枯らしもやんだし、北州《ほくしゅう》に繰り込むかえ」

「おう、こんな晩はよ、客も少ねえよ。廻しなしで女郎が一晩じゅうおれにむしゃぶりついてくるかもしれないぜ」

なんて能天気な思惑《おもわく》で吉原に駆けつけ、いつもより客足は少ないが、それなりに賑わった。

吉原会所では木枯らしの吹き荒れる中、二手に分かれて廓内の見廻りに行っていた小頭《こがしら》の長吉《ちようきち》らが戻ってきて、遅い夕餉を摂った。

「神守様、風がやんでようございましたな」

火鉢の火が熾《おこ》った広土間に待機していた神守幹次郎に七代目頭取の四郎兵衛《しろべえ》が声をかけた。

「一時やんだということはございませぬか」

「神守様は木枯らしが勢いを盛り返すと言いなさるか」

「なんとのう、夜半辺りから吹き荒《すさ》ぶような気がします」

「引け四つ（午前零時）のあとなれば妓楼もすでに床入《とこい》りの刻限でございますよ。火事を引き起こす火も少なくなっておりましょう。まあ、木枯らし一番は終わったと思いますがな」

四郎兵衛が応じ、

「神守様、いっしょに夕餉などどうですか」

と幹次郎を誘った。そのやり取りを聞いていた番方《ばんかた》の仙右衛門《せんえもん》が、ちらり
と幹次郎の顔を見た。

医者の不養生《ふようじょう》か、柴田相庵《しばたそうあん》が風邪を引いて寝込んでいると、最前仙右衛門に聞かされたばかりだ。お芳《よし》はできることなれば仙右衛門に早く家に戻ってくるよう願っているとのことだった。

柴田相庵とお芳は、血のつながった親子ではない。相庵は吉原生まれのお芳を十五歳から診療所に奉公させて自分の右腕に育て上げていた。そのお芳と仙右衛門は、同じ廓内に育った幼馴染だ。このふたりが夫婦《めおと》になって柴田相庵と養子縁

組をした。お芳にとって養父の相庵だ、仙右衛門にとっても父親同然というわけだ。

仙右衛門の視線には、七代目の相手はこの次にしてくんな、という願いが込められていた。幹次郎が四郎兵衛の相手をするということは、すなわち仙右衛門も同席するということになりそうだったからだ。

「今宵、姉様から夕餉を用意しておくと釘を刺されております。夕餉のお誘い、この次の機会に願《ねご》うてようございますか」

「そうでしたか。爺《じじ》の誘いより恋女房の言葉が重うございますな」

いささか寂しそうな四郎兵衛の言葉の背後から声がした。

「お父《とっ》つぁん、なに、嫌味なことを言っているの。このところ汀女先生には料理茶屋を任せっ放しなのよ。今日は昼下がりから荒れ模様、客も少ないとあって早帰りしてもらったの。木枯らしもやんだわ、早く神守様と番方を家に帰してあげなさいよ」

娘の玉藻《たまも》の歯切れのいい言葉に咎《とが》められた。

「娘め、親父のわしの話を盗み聞きしてやがる」

「お父つぁん、耳が遠くなったせいか、自分の声も大きくなっているのよ。隣にいても話は聞こえます」

「ああ言えばこう言いやがる。そんなわけだ、神守様、番方、早仕舞いとはいえませんが、それぞれ女房のもとへお帰りなされ。私はな、小やかましい娘の酌《しゃく》で酒を呑みます」

「ちょっと。私にはこの刻限、お父つぁんの付き合いをしている暇はないの。さあ、神守様、番方、会所から消えたり消えたり」

最後は玉藻に追い立てられるようにふたりは会所の外に出た。

大門から待合《まちあい》ノ辻《つじ》辺りにぱらぱらと客がいた。

いつもより寂しい仲之町だった。

「助かりましたぜ」

仙右衛門が幹次郎に礼を言った。

「四郎兵衛様に寂しげな目で見られてどうしようかと思いました。まあ、この次にお相手致しましょう」

ふたりが大門に歩きかけたとき、
ぴーい
と甲高《かんだか》い笛の音が響き、

「鍼灸はらとりおうかがーい」

という按摩の孫市の声がして、幹次郎らが振り返ると、高下駄に杖の孫市が角《すみ》町《ちょう》から仲之町に姿をゆっくりと見せて、揚屋町《あげやちょう》の木戸へと向かっていった。それを見送りながら、ふたりは大門を出て五十間道《ごじっけんみち》に差しかかった。

「神守様、七代目は鎌倉《かまくら》から戻られて急に歳を取られたとは思いませんかえ」

幹次郎は肩を並べた同輩《どうはい》の横顔を見た。

「鎌倉では死ぬ目に遭われたのでござる。四郎兵衛様がいささか気弱になられたとしても不思議はございませぬ」

鎌倉での出来事は、娘の玉藻、番方仙右衛門、小頭の長吉の三人には告げてあった。

ただし二代目庄司甚右衛門の隠し墓が建長寺《けんちょうじ》にあったことは告げたが、吉原の命運を左右する『吉原五箇条遺文《いぶん》』が未《いま》だ存在し、建長寺に秘匿《ひとく》され続けている事実は四郎兵衛と幹次郎、三浦屋四郎左衛門《しろうざえもん》の三人だけの秘密として話していなかった。それでも四郎兵衛の危難を聞かされて仙右衛門らは驚愕した。

「まあな、ともかく会所に神守様がいたってことが、どれほどわっしらの助けになったか。礼を申しますぜ」

「番方らしくもない。四郎兵衛様の危難は吉原の危難、ひいては神守家の危難にございますでな。微力《びりょく》を尽くすのは当然のことだ」

「まあ、今晩は七代目に我慢してもらおう」

「相庵先生の具合はだいぶお悪いか」

「鬼《おに》の霍乱《かくらん》と言いたいが、ふだんの働き過ぎが一気に身に押し寄せた感じでしてな、朝の間はお芳の調合した煎《せん》じ薬を飲んでぐったりと寝ておりましたよ」

「明日にも姉様と見舞いに参ろう」

「神守様夫婦が見舞いなんぞに来たら、おまえらが喋《しゃべ》るからだと叱られそうだ。よしてくれませんかね」

「叱る元気が出るのなれば見舞いのし甲斐《がい》もあるというものだ」

ふたりは見返《みかえ》り柳《やなぎ》を回って駕籠が姿を見せたのに目を留めながら、山谷堀《さんやぼり》に架かる土橋《どばし》の前で立ち止まった。

仙右衛門が幹次郎の顔をちらりと覗《のぞ》き込んだ。

「なんぞ言い残したことがござるか」

「鎌倉で一体全体なにがありましたんで。御広敷番之頭《おひろしきばんのかしら》の古坂玄堪《こさかげんたん》一味と神守様が死闘を演じて七代目の命を助け、古坂一味をことごとく潰《つぶ》したことは聞いた。

だがね」

「なんだな」

「その死闘の背後にはなにか曰《いわ》くが隠されているようでね」

「曰くがあるなれば、七代目が番方や娘の玉藻さんに話さないわけがない、と思われぬか」

「やはり話せないことですか」

「番方、ないことを話せというのは無理難題じゃぞ」

「そうしておきますか」

と答えた仙右衛門が、

「もはや古坂一味は絶えたというてよろしいのですな」

「念には及びません。ただし」

「ただしですと」

「吉原が一夜千両の場であるかぎり新たな敵は次々に姿を見せます」

幹次郎の返答にしばし沈思《ちんし》していた番方が、

「今宵はこれにて失礼しますぜ」

と言い残し、橋を渡って浅草山谷町《あさくささんやまち》の柴田診療所へと足を向けた。

二

幹次郎は寺町《てらまち》にある柘榴の家の門を潜ると門の閂《かんぬき》を下ろした。

引き込みの石畳の両側に雪洞《ぼんぼり》が点じられて乙女笹《おとめざさ》を浮かばせていた。そして、一軒家に灯りが入り、人の温《ぬく》もりが外まで感じられた。

(わが家か)

豊後国岡藩《ぶんごのくにおか》を脱藩した幹次郎と汀女が長い逃亡暮らしの末に吉原に拾われて、会所の用心棒、吉原裏同心と遊女の手習いの師匠を務めることでふたりの暮らしはようやく落ち着いた。つい先日まで浅草田町《たまち》二丁目の左兵衛《さへえ》長屋に住み暮らしてきた。それが七代目四郎兵衛の厚意《こうい》で同じ町内の凝《こ》った造作《ぞうさく》の家に移り住むことになった。

(大した出世じゃぞ、神守幹次郎)

未だこの柘榴の家の主になり切れぬ幹次郎は、己に言い聞かせた。

幹次郎と汀女は、ふたりの住処《すみか》を、

「柘榴の家」

と名づけた。

柘榴の家の名の由来は、庭で最初に目に留まったのが秋の光を浴びて実をつけた柘榴の木であったからだ。

柘榴の熟《じゅく》した外果皮は、薄橙《うすだいだい》色の色調を帯《お》びて秋の深まりとともに鮮《あざ》やかな紅色に染まり、固い表皮がぱっかりと裂けて、これまた表皮よりも鮮やかな紅《こう》石《せき》色の種子が現われる。

もはやその紅石色の種子は鴉《からす》が突《つつ》いて表皮も黒ずんでいた。そのことを鎌倉から戻った幹次郎は確かめていた。

汀女によれば、柘榴は秋の季語ながら、夏に朱色の花が咲くので、花柘榴は夏のそれになるという。

幹次郎は、雨戸が閉じられ月明かりでかすかに見分けがつく柘榴の木に、

「ただ今戻った」

と挨拶した。

柘榴は唐《もろこし》から平安《へいあん》以前に渡来したもので、甘酸《あまず》っぱい実を食べる習わしは、江戸期にはなかった。

汀女が幹次郎に教えてくれた柘榴の話があった。

　幹はごつごつとした風情《ふぜい》があり、あのような色鮮やかな花と実をつける柘榴が和国ではあまり評判がよくない理由《わけ》は実にあるという。人肉の味がするからだというのだ。

「姉様、柘榴の実は人の肉の味がするというか。ふたついっしょに試したのであろうか」

　と首を傾《かし》げる幹次郎に、

「鬼子母神《きしもじん》は子どもの肉を食そうとするのを釈迦《しゃか》に止められ、その代わりに柘榴の実を食べなされと諭《さと》されたという言い伝えが今日まで伝わり、柘榴の評判を落としたのかもしれませぬ。一方、唐人《からびと》の国では祝言《しゅうげん》の席に柘榴を飾り、八月十五夜の名月に供《そな》えられる、めでたい果物にございますそうな」

「和国と唐人の国では、それほどに柘榴の扱いが異なるか」

「和人は渋みや寂《さび》を好みます。柘榴の艶《つや》やかな紅色を愛《め》でる気持ちは、和人の感覚にないものかもしれませんね」

「和人は同じ紅でも紅花《べにばな》の淡い色を好むでな」

「紅花に染められた紅色もようございますが、艶やかな柘榴の真紅《しんく》は内に強さを秘めた女の心模様を映したようで私は大好きです。ようもこの家の護《まも》り木のように柘榴の木がありました」

汀女がしみじみと柘榴の木を見上げながら幹次郎に教えてくれた。

その柘榴が幹次郎の帰りを迎えてくれていた。

しばし玄関先で足を止め、柘榴を見ていた幹次郎は腰の豊後行平《ゆきひら》を外すと左手に提《さ》げて格子戸を引き、

「ただ今戻った」

と奥へ声をかけた。すると、

みゃう

と猫の黒介《くろすけ》が応じて主を迎えに出てきた。

黒介もこの家に居ついていた生き物で、神守家が引っ越すと同時に以前からの飼猫のように暮らし始めた。当初だいぶ汚れていた黒毛は、汀女と小女《こおんな》のおあきが何度か湯に入れて洗ったせいか、艶やかな黒毛に変わっていた。

「おや、うっかりと気づきませんでした」

「門内に雪洞が点っておったで、柘榴の木をしばらく見ておった」

「木枯らしがやんだあとにたわむれに点してみました」

「わが住まいとも思えぬ風情かな。十分に堪能《たんのう》させてもらった」

と応じた幹次郎は、行平を汀女に渡した。

「夜半からふたたび木枯らしが吹くやもしれぬ。雪洞は消してこよう」

「それはいけませぬね。新しい家で火事でも出したら大事《おおごと》にございます」

裏戸を閉める物音がしておあきが玄関先に姿を見せ、

「旦那様、私が雪洞を消してきます」

とふたたび敷居を跨《また》ぎかけた幹次郎を制した。

「なにやら落ち着かぬな」

「未だこの家の暮らしに馴染みませぬか」

「姉様、われら岡藩の下士の長屋暮らしじゃぞ。さらには夜露《よつゆ》に打たれての流浪の旅、吉原会所に拾われてようやく左兵衛長屋で落ち着いた。まさかその先にかような贅沢な暮らしが待っていようとはな」

玄関先で帰ってくるたびに同じ言葉を繰り返す幹次郎を汀女が笑い、

「いかにもさようです」

と幹次郎の思いに合わせてくれた。

「柘榴の家に真っ先に慣れたのがこの黒介、次がおあきさん。主夫婦は未だ借り着を身にまとうているようですね」

「いかにもさよう」

と応じた幹次郎は、ようやく小さな式台《しきだい》に上がり、廊下を進んだ。

奥座敷でふだん着に替えようとすると、

「台所で夕餉が待っております」

と汀女が幹次郎の脱ぎ捨てた外着を畳みながら言った。

「なに、夕餉が板の間に」

「驚かれますよ、幹どの」

「甚吉《じんきち》の唆《そそのか》しで、おあきの父親が板の間に囲炉裏《いろり》を造ると言うておったが、はや完成したか」

「はい。甚吉さんを手伝いにして味わいのある古材で三尺（約九十一センチ）四方の小さな囲炉裏を造ってくれました。自在鉤《じざいかぎ》までございます」

「見てみよう」

幹次郎が台所の板の間に急ぎ向かうと、板の間の真ん中に出来上がったばかりとは思えぬほど、この家にしっくりと馴染む囲炉裏があり、魚の形の自在鉤に鉄鍋がかかって、

「本日は鶏《とり》なべに致しました」

と汀女が言った。そこへ裏戸からおあきが姿を見せて、

「木枯らしがまた吹き始めました」

と告げた。

「やはり宵の刻限でやんだのではなかったか」

と幹次郎は呟き、

「囲炉裏がある暮らしがわが家か」

と感嘆した。

先日、鎌倉から戻った幹次郎の顔を足田《あしだ》甚吉が見に来て、

「姉様にはすでに言うたがな、台所の板の間に囲炉裏を切れ。長三《ちようぞう》さんにも願って古木、石、灰などはすでに集めさせておる。なあに銭もそうかからぬ。これから本式な冬に向かう。家に戻った折り、囲炉裏に火が熾っているといないではえらい違いじゃぞ」

と言った。その囲炉裏に初めて炭火が入り、自在鉤にかけられた鍋料理が、ぐつぐつと音を立てていた。

「姉様方も夕餉を食しておらぬのか」

「玉藻様が今宵はできるだけ早く旦那様を汀女のもとへお返しします、鎌倉での

お働きのささやかなお礼ですと申されておられましたので、長三さんと甚吉さんの苦心の作、囲炉裏端にて皆で夕餉を楽しもうと待っておりました」

「なんとも贅沢な、殿様か分限者《ぶげんしゃ》になった気分じゃな」

「幾《いく》たび同じ言葉を繰り返されますな」

囲炉裏の灰に青竹が突き立てられ、

「酒の燗《かん》も頃合にございますよ。この竹徳利《どつくり》は甚吉さんの作です。ささっ、主の座へ」

「なんともはや」

と言葉を詰まらせた幹次郎は、座布団が敷かれた座に胡坐《あぐら》を搔いた。

古い杉材で囲炉裏の縁が四角に組まれ、三人の箸や茶碗がそれぞれあり、大ぶりの杯《はい》がひとつ置いてあった。そこが幹次郎の席というわけだ。

「おあきさんも席にお着きなされ」

汀女に言われておあきが幹次郎の対面に座った。

「さあ、一献《いっこん》」

隣席の汀女に青竹徳利を差し出された幹次郎は、

「頂戴しよう」

と杯を差し出した。

青竹の香りがほのかに混じり合った酒が鼻孔《びこう》を擽《くすぐ》った。

「今宵、帰り際《ぎわ》に四郎兵衛様に夕餉に招かれた」

「おや、断わられましたか」

「柴田相庵先生が風邪で臥《ふ》せっておられると聞いておったでな、番方も早上がりしたいことは承知していた。ゆえに七代目には次の機会にと断わって家に戻ったら極楽浄土が待っておった」

幹次郎は甚吉の青竹徳利で燗をつけられた酒を口に含み、

「なんとも美味《うま》い」

と漏らすと残り酒を呑み干して、汀女に杯を持たせた。その膝に黒介がちょこんと座していた。おあきがにこにこと笑い、

「うちのお父つぁんの作としては上出来の部類です。旦那様、我慢してくださ い」

と幹次郎に言い、娘が父親の造った囲炉裏の縁を撫《な》でた。一日でできたということは予《かね》て木組みの仕度をしてあり、柘榴の家では組み立てただけだろう。

「おあき、上出来どころではない。これは考えたものだ。一夕《いっせき》長三さんと甚吉を

招いて一献傾けようか」

幹次郎が汀女に酌をすると、

「頂戴します」

と竹の香りが酒に染みた匂いを鼻で感じながら、汀女がゆっくりと口に含んだ。

木枯らしや　青竹の酒《ささ》　妻《さい》が酌む

幹次郎の脳裏に言葉が散らかった。とても汀女に披露できる五七五ではない。

「このようなしみじみとしたお酒を頂戴できる身分になるとは」

と汀女も思わず呟いた。

「ささっ、姉様、鶏なべを頂戴しようではないか」

幹次郎の言葉におあきが蓋《ふた》を取ると頃合に煮えていた。

「鶏肉は玉藻様からの頂戴もので、大根など野菜は甚吉さんからのもらいものです。うちで購《あがな》ったのは豆腐くらいです」

「なんとも美味そうななべかな」

外では音を立てて木枯らしが吹き始めていたが、気持ちも体もなんとも温かな神守家の夕餉だった。

そんな刻限、按摩の孫市は馴染の蜘蛛道に入り込み、

ふうっ

と息を吐いた。

五丁町の表に土埃交じりの木枯らしがまた吹き始めていた。息もできないほどの乾いた北風だった。

「なんて日だ」

と独《ひと》り言《ご》ちた孫市は蜘蛛道の奥へと杖を頼りに歩き出した。

生まれついて目の見えない孫市は物心ついたときから竪川《たてかわ》一《ひと》ツ《つ》目《め》之《の》橋《はし》の惣録《そうろく》屋敷で育てられた。

親の声を孫市は聞いたことがない。

杉山家が仕切る惣録屋敷の始まりは元禄《げんろく》五年（一六九二）のことだという。杉山家は、瞽盲《こもう》の遠祖なる人康親王《さねやすしんのう》を祀《まつ》り、ために瞽盲の束ねを務め、杉山流の按摩施術の師でもあった。

孫市はこの惣録屋敷で鍼灸按摩を習った。

十四、五の歳には技量はなかなかの腕前に達し、十七で吉原に移り住んだ。吉原に来るまでの経緯《いきさつ》を詳《くわ》しく知る者はいない。生まれてのち惣録屋敷に十六年住み暮らしたが、瞽盲の官位は全く上がらなかった。

盲人の官位は世間より厳しかった。

最高位が検校《けんぎょう》だが、同じ検校といえども一老《いちろう》から十老まで十階級の別があった。

二位以下は勾当《こうとう》から座頭《ざとう》、紫分《しぶん》、市名《いちな》、都《はん》、そして無官の按摩と区別があってそれぞれの官位に数階級の別があり、無官の按摩より検校一老に達するまで七十三段の階級を昇りつめることになる。そして、一階級上がるごとに惣録屋敷に金子《きんす》を納め、最高位に達するためには莫大《ばくだい》な費《つい》えがかかった。

親がいない孫市は無官の按摩から脱することは叶わず、偶然吉原会所から惣録屋敷に廓内に住み込む按摩の求めがあったとか。その折りに孫市が選ばれて大門を潜った。以来、二十年余の歳月を吉原で過ごしてきた。

蜘蛛道の突き当たりの住まいに辿《たど》り着いたとき、人の気配がして孫市は杖を手に身構えた。

「孫市さんよ、大八《だいはち》親方が腰を痛めたんだ。夜遅いのは承知だが、なんとか揉み療治してくれないか。明日の仕事に差し支えるのだと」

聞いた声は豆腐屋の奉公人百三《ひゃくぞう》だ。

「なんだ、百三さんか。親方が腰を痛めたって。そりゃ、豆腐作りは難儀《なんぎ》しよう。手を引いておくれ」

と願った孫市は百三に手を取られ蜘蛛道を戻ると、豆腐屋を揉み療治のために訪ねた。

大豆を煮る匂いの漂う三畳間で親方の大八の長年痛めつけた腰の鍼治療と揉み療治をなして、百五十文の治療代とまだ温かい豆腐油揚《あぶらあげ》を二枚包んだものをもらい、百三が、

「送ろうか」

と言うのを断わって蜘蛛道をわが家へと辿った。

百三に送らせなかったのは豆腐屋が明日の仕込みの最中であり、孫市としてもゆっくりと行けば迷うことはないからだ。それに腹が空《す》いていた。帰り道に、もらった豆腐油揚を食いながら帰ろうとも考えていた。

一枚目を歩きながら食い終わり、二枚目を摘《つま》んだとき、

「あれ、道を間違えたか。天女池《てんにょいけ》に出ちまったよ」

と呟いた。

木枯らしが天女池を吹き渡る気配を頬に感じたからだ。

「目が見えないのは今に始まったことじゃないのにな」

後戻りしようとした孫市は、近くに人の気配を感じた。

「どなた様で」

相手は答えない。

「按摩の孫市にございますよ。蜘蛛道で迷っちまったでございますよ」

孫市の鼻によく馴染んだ匂いがしたようで、

「お、おめえは」

と言いかけた孫市の首に手が掛かり、背中から胸に冷たい感触が抜けて、声を張り上げようとしたが助けを呼ぶ間もなく崩れ落ちて息が絶えた。


翌朝には木枯らしはやんで青空が広がっていた。

幹次郎は、この柘榴の家に越してきて始めた独り稽古を今日もなさんと庭に下りた。手には豊後行平があった。

冬の日が差し込む縁側で黒介が主の行いを見ていた。

柘榴の実は鴉に突かれて三つしか枝に残っていない。木の下に裂けた柘榴が落ちていた。

「万物《ばんぶつ》にはすべて盛り、旬というものがあるものだな。新入りの禿から新造、そして、太夫と呼ばれる花魁《おいらん》に出世する者もいれば、局見世《つぼねみせ》（切見世《きりみせ》）に落ちて務めを果たす女郎衆もおる。黒介、人それぞれ、花の盛りを持っておるものだ。そなたはこれから花の盛りを迎えよう」

飼猫に話しかけた幹次郎は、帯に行平を落とし差しにして柘榴の木から一間《けん》半（約二・七メートル）ほど間合を取り、呼吸を整えた。

乾いた冬の空気が身を包んだ。

腰を沈めた幹次郎の右手が腹前を走って柄《つか》に触れて、同時に鯉口《こいぐち》を左手が押し出すように切り、鞘走《さやばし》った。

一条《ひとすじ》の光が奔《はし》って行平が大気を切り分けた。

しばしその姿勢で動きを止めた。仮想の敵に対して身構えた。

ふうっ
と小さな息を吐き、残心《ざんしん》の構えを解《と》くと鞘に行平を戻した。

渾身《こんしん》の抜き打ちを四半刻ほど繰り返すと、幹次郎の額《ひたい》に汗が浮かんだ。

集中する幹次郎は何者かが柘榴の家を訪れた気配を感じた。

黒介がみゃうみゃうと鳴いて、やはり訪問者の存在を幹次郎に教えた。

「どなたか見えたか」

幹次郎は行平を手に門に向かうと、門を開けた。すると吉原会所の若い衆の金次が青白い顔で立っていた。

「どうしたな、金次」

「按摩の孫市さんが殺された」

「孫市が」

と応じた幹次郎は、

「着替えるまで待ってくれぬか」

と願って急ぎ家の中に戻った。

三

汀女の手伝いで、稽古で掻いた汗を湯につけて絞った手拭《てぬぐ》いで拭い、着替えを済ませた幹次郎は、

「姉様、出かける」

「朝餉《あさげ》も食せず、ご苦労にございます」

「これがわれらの務めじゃ、姉様」

と汀女と短い言葉を交わし、おあきと黒介に見送られて家を飛び出した。

木枯らしが吹いた次の日の朝だ。乾いた冷気が道中の山谷堀に漂っていた。

大門前には朝帰りの客を待つ駕籠屋がいた。

会所を横目に金次は揚屋町へと幹次郎を誘《いざな》った。

京町一、二丁目、江戸町《えどちょう》一、二丁目、角町の五丁に、揚屋町、伏見町《ふしみちょう》の二丁を加えて七丁が吉原の表通《おもてどお》りだ。だが、大門口から水道尻《すいどじり》と呼ばれる反対端まで貫く大通りの仲之町は別格であり、吉原の顔であった。

この吉原は京の島原《しまばら》遊廓を模《も》して造られ、その伝統は元《もと》吉原を経て浅草の新吉原へと受け継がれてきた。吉原の別名が五丁町と呼ばれるのは、京一、京二、江戸一、江戸二、そして角町が元吉原以来の町名ゆえだ。

伏見町と揚屋町は新吉原に移っての新町ゆえ、妓楼も五丁より格下に見られた。

この揚屋町から江戸町一丁目に向かって、人ひとりがようやく抜けられるほどの路地が何本か口を開けていた。中ほどにある一本の出入り口は中見世《ちゅうみせ》（半《はん》籬《まがき》）の島田屋《しまだや》と新橋楼《しんばしろう》の間にあった。

吉原がいちばん賑わう紋日《もんび》など素見の客が蜘蛛道に紛《まぎ》れ込まないように楼の古手の女衆《おんなし》が何気なく見張っており、興味から入ってきたり、小便をしたりしようなどという不心得者を女衆が、

「お客さん、ここは厠《かわや》じゃございませんよ。馴染の楼に揚がって用を足しなされ」

などとやんわりと諫《いさ》めて追い返した。

金次に案内された幹次郎は、揚屋町の蜘蛛道のひとつ、その島新の蜘蛛道に身を入れた。

朝の間だ。路地には人影はない。

遊女衆も客を送り出して二度寝の最中だろう。

幹次郎は小袖の上に羽織を重ねて行平と脇差《わきざし》を腰に落とし差しにしていたが、島新の蜘蛛道に入る手前で大刀を抜いて手に持っていた。狭い路地で大刀の鞘尻が物に当たらぬように用心したのだ。

曲がりくねった蜘蛛道を進むと豆腐屋がすでに商いをしており、湯屋《ゆや》も狭い入り口に暖簾《のれん》を上げていた。表通りは一夜の商いを終え、気怠《けだる》い感じを漂わせてい

たが、妓楼や引手茶屋を支える吉原の陰の働き手が住む裏手では、すでにいつもの朝の暮らしが始まっていた。

天女池が蜘蛛道の奥にちらりと見える路地の、さらに狭い突き当たりで、按摩の孫市は絶命していた。

孫市の住まいの直ぐ傍《そば》の路地奥だ。

すでに番方の仙右衛門や小頭の長吉の姿があった。

「遅くなったか」

「いえ、わっしらもつい先刻着いたばかりでさ」

「物取りかな」

と幹次郎が尋《たず》ねた。

吉原の古手の按摩のひとり、孫市と幹次郎はそう親しい仲ではない。だが、孫市が金を貯め込み、その金子を吉原の女郎らに貸して利息を得ているのは承知していた。

むろん吉原会所も孫市のひそやかな金貸しの内職を承知していた。だが、孫市は法外な利息を取るわけではなく、節季《せっき》などの移り替えに金子の工面《くめん》がつかない女郎に金を貸して助けていることを会所は承知しており、孫市の金貸し商売を見て見ぬふりをしていた。

盛りが過ぎて稼ぎの悪い女郎にとって、按摩の孫市は、

「最後の頼みの綱」

であることを吉原の住人なら承知していた。そして同時に、孫市が貯め込んだ金子を常に懐に入れて持ち歩いていることも薄々知っていた。

そんなことがあって幹次郎が尋ねたのだ。

「たしかに懐に一文の銭も残されていませんな。一番に駆けつけた小頭の話では、骸《むくろ》には筵《むしろ》が掛けてあったそうです」

と番方が含みのある言葉を幹次郎に返した。仙右衛門は、まず骸を確かめようと言っていた。

「拝見しよう」

金次が孫市の体に掛けられた筵を剝《は》いだ。

孫市はうつぶせで顔を横に向けて死んでいた。縞柄《しまがら》の袖なし綿入れに迷いのないひと突きの傷口があり、血が綿入れに滲んでいた。

幹次郎は、冷たい骸の体を静かに横へ向けた。

孫市を死に至らしめた傷は背から深々と心《しん》ノ臓《ぞう》を貫き通して左胸に出ており、

血だまりが地面を汚していた。だが、意外と出血の量は少なかった。

「襲われた場所はここではないようだな、番方」

「へえ、天女池から島新の蜘蛛道に入る入り口で襲われたようで、手にしていた杖も履《は》いていた高下駄もそっちにあって、なぜか食いかけの豆腐油揚が残されていたそうです。むろん地べたに血が流れていたそうな」

話しぶりから仙右衛門も孫市が殺された現場を見ていないことが窺《うかが》えた。

「蜘蛛道の入り口からここまで十七、八間（約三十一〜三十三メートル）はあるか」

この傷では這っても辿り着けまいと幹次郎は思った。

襟元を開いて傷を確かめた。

細身の刃で突き通されていた。杖に仕込まれた細身の直刀《ちょくとう》か、女もののの懐刀のようなものが凶器《きょうき》と思えた。これ以上、孫市の体を動かして調べるのは、面《めん》番所《ばんしょ》の隠密廻《おんみつまわ》り同心や検視医の手前遠慮した。孫市の襟元を直し、元のうつぶせに戻した。

「天女池から引きずられてきたらしく路地に血の痕跡が見えます。下手人《げしゅにん》め、用意していたのか、この突き当たりに引きずってきたあと、筵を掛けて骸を隠してやがる」

「知り合いかな」

痴情《ちじょう》の果てに殺された者の骸は夜具《やぐ》などで隠してあることが多い。行きずりの犯行ではまずこのようなことはない。

「昨晩は神守様のご託宣《たくせん》通り夜半前からまた木枯らしが吹き荒んでおりました。吉原の客もいつもより少なく、この蜘蛛道に入り込む素見もまずおりますまい。

住人の仕業でございましょうかな」

「孫市の懐の金を狙ったか」

「へえ」

仙右衛門が応じて、

「殺された場所を見られますか。それとも孫市の住まいを覗きますか」

と幹次郎に尋ねた。

「そうじゃな、孫市の住まいを見てみようか」

幹次郎は立ち上がる前に孫市の骸に合掌《がっしょう》した。

その瞬間、鬢《びん》付け油の匂いを嗅いだように思えた。骸を動かしたせいで匂いが漂ってきたか。

按摩の孫市は頭を剃《そ》り上げていた。鬢付け油をつけることはない。となると下手人が残した匂いか。

仙右衛門と幹次郎は孫市の骸の二間（約三・六メートル）ほど先にある住まいの引き戸を引いた。手入れがよいとみえて、するりと軽く開いた。

「面番所の面々が来る前にあからさまに手をつけても嫌味を言われかねませんや。まだだれも入っていませんので。ただね、若い衆に命じて神守様が見えたら下調べしておこうと行灯を点けさせてあります」

長吉が言い、入り口に置かれてあった行灯がきちんと整頓《せいとん》された狭い住まいを浮かび上がらせていた。

一坪半ほどの板の間、さらに奥に三畳間。それが按摩の孫市の住まいだった。

「骸を見つけたのはだれなのだ、番方」

「豆腐屋の奉公人、百三なんで」

幹次郎は蜘蛛道の途中で商いを始めていたのが見えた豆腐屋かと思った。

「百三は馴染のところに毎朝豆腐一丁を届ける習わしがあるんですよ。その途中、何気なく路地奥を覗き込んで、筵から出た裸足《はだし》を見たってわけで。豆腐を手にしたまんま会所に飛び込んできたそうです」

「話が聞きたいな」

番方が頷《うなず》き、若い衆を呼んで使いを立てた。

百三は直ぐに姿を見せた。未だ興奮が冷めやらぬようで、引き攣《つ》った顔を行灯の灯りが浮かばせた。

「ご苦労だな、百三さん。おまえさんが孫市の骸を見つけたってね。ようも薄暗い路地奥を覗き込む気になったたな」

と番方が問うた。

「昨晩、うちの親方が腰を痛めてね、わしが孫市さんを呼びに行って、急な揉み療治をしてもらったんだよ。それで終わったのが四つ(午後十時)前かね、療治を終えた孫市さんを送っていこうとしたんだが、孫市さんは慣れた路地だからと断わったんですよ。そのことがあったから、孫市さんの住まいに目をやったんだと思います。それで」

と百三が言葉を切った。

「百三さん、話は分かった。だが、おまえさん、筵を剝いで孫市と確かめたのかえ」

仙右衛門の問いに百三は激しく顔を横に振った。

「筵を掛けられていたんだ。よう孫市と分かったな」

幹次郎が百三を質《ただ》した。

「路地の奥が孫市さんの家だからね。それといつも素足の足はよ、なぜか頭に刻まれているんだよ。顔も見ないのに、孫市さんだと思い込んでよ、会所に走っていったんだ」

「孫市が死んでおるとも考えたのだな」

「死んでいたんだろ。孫市さんは殺されたんだろ」

最初の問いには頷いたが、百三のふたつ目の問いには仙右衛門も幹次郎も答えなかった。

「いかにも、そなたが見た筵の下に隠された者は按摩の孫市で、死んでおった」

とだけ幹次郎が答え、

「孫市は食いかけの豆腐油揚を手にしておったところを襲われたようだ。なにか覚えがあるか」

「会所の旦那、その豆腐油揚は親方が揉み療治の礼に持たせたものだ。そうか、孫市さん、腹が空いていたんでおれの見送りを断わって、独りでよ、豆腐油揚を食いながら家に戻ろうとしたんだな」

「百三さんよ、豆腐屋を出たのが四つ前と言うたな。いったんやんでいた木枯らしはふたたび吹き始めていたかえ」

仙右衛門が尋ねた。

「おお、蜘蛛道にも冷たい風が吹き込んでいた。孫市さんたら揚げ立ての豆腐油揚を食いたくてよ、おれの見送りを断わってよ、命を落としたのか」

「そなた、なぜ孫市が殺されたと思うな」

「だって、孫市さんが小金を貯めていたのはだれもが承知のことだぜ。それにいつも懐に有り金すべてを持っていたこともね」

「金を目当てに孫市が殺されたと、そなたは思うのだな」

「違うのか」

百三が問い返したが、ふたりは答えなかった。

「もういいかえ」

「もうひとつ、聞いておきたい」

と幹次郎が言った。

「孫市の住まいに親しげに出入りするのはだれだな」

「女か、そんなものはいないよ。孫市さんは吉原の女に関心はないと言っていたもの」

「ならばこの住まいを見て、ふだんと違うことに気づく人がいるとするとだれであろうな」

「孫市さんは目が見えないが、煮炊きだって菜《おかず》作りだってなんだってできたぜ。だけどよ、掃除が嫌いなんだと。それでおれが十日に一度くらい掃除をしてよ、三十文の駄賃《だちん》をもらっていた。だから、この家のことが分かるのはおれかな」

と百三が言った。

「ならば見てくれぬか。いつもの孫市の暮らしと違うところはないか」

幹次郎の言葉に百三が土間から見ていたが、

「上がっていいか」

とふたりに許しを乞い、板の間に上がった。

板の間の隅に竈《かまど》があって、蓋が床に置かれ、釜だけがかかっていた。むろん竈に火はない。

百三は首を傾げたがなにも言わなかった。板の間に水甕《みずがめ》や米櫃《こめびつ》など男の独り暮らしを支える最小限のものがあった。三畳間の隅に夜具がきちんと畳んであった。風呂敷包みがいくつかあって着替えなどが入っているようだった。

「なにがおかしい」

「孫市さんはうるさいほど自分のやり方にこだわりがあったんだよ。釜の蓋を床に置きっ放しにはしない、それに突っかかって転ぶもの。夜具だっていつもと畳み方が違う。着替えを入れた風呂敷の結び目が孫市さんの結び方とは違う。こんなに固く縛ったら目の見えない自分が困ると、いつもやんわりと結ぶんだよ。だれがやったんだ」

と百三が首を捻《ひね》った。

「およそのところは分かったぜ、百三さん」

仙右衛門が言い、百三が土間に下りて幅二尺（約六十一センチ）の戸の敷居を跨ごうとして、

「孫市さんは殺されたんだろう」

ふたりに最前の質問を繰り返した。仙右衛門が頷くと、

「おれ、面番所の役人に調べられるかな」

と不安げな顔をふたりに向けた。

「百三さん、わっしらに話したように正直に話すことだ」

仙右衛門の言葉に百三が頷き、姿を消した。

「孫市の住まいを調べた者がおるようだな、番方」

「ということは、孫市は懐に、貯め込んだ金子を持ち歩いていたわけではないと」

「そうとも考えられる。もしくは孫市を殺したあと、懐の有り金を奪い、住まい近くまで引きずってきて、骸の発見を遅らせると同時に家探《やさが》しをした」

「すでに持ち金は奪っていたのに、ですか」

「いや、孫市が懐に持ち歩いていたのは、貯め込んだ金子に見せかけた贋金《にせがね》としたらどうだな、番方」

「えっ、だって孫市の懐金は吉原じゅうが承知のことですぜ」

「そう思わせたのはだれだな」

「さて、それは、昔から按摩の孫市は夏でも金冷えするってくらいの評判でしたからね。だれもがそう信じておりましたぜ、神守様」

「当人がそう思わせたいとしていたらどうなる」

「本当はこの狭い住まいのどこかに隠していたというのですか」

「百三は風呂敷の結び目も夜具の畳み方も孫市らしくないと言うたな」

「それに釜の蓋が床に置きっ放しとも言いましたぜ」

「孫市を殺したあと、下手人は懐から取った金子の包みがそれらしく装われた贋金と気づき、家探しした。あるいは金貸しに付きものの証文《しょうもん》を探したか」

「となると、下手人は目当てのものを探し当てたのでございましょうかな」

「さあて、それは分からぬな」

そのとき、蜘蛛道の一角で騒ぎが起こった。

「なんだ、按摩が殺されたというか。寒い晩に商いなんぞに出るからかようなことになる。なんとも面倒な」

と大声を張り上げたのは、吉原を監督する面番所の隠密廻り同心村崎季光《むらさきとしみつ》だ。

その声が孫市の狭い家の戸口に近づき、

「なんだ、そのほうら、面番所の許しも得んで、探索にすでに手をつけておるか」

と幹次郎と仙右衛門を詰《なじ》った。

「八丁堀《はっちょうぼり》の役宅に知らせは行っておるはずですがね。骸を放り出しておくわけにもいきますまい、村崎様」

仙右衛門が言い返した。

「役宅を出る折りにわが女房が、冬の到来にもかかわらず綿入れの一枚も買う金子がないとかあるとか言い出しおったでな、出るのに手間を食った。裏同心どの、そなたの家ではかような注文はつくまいな」

「女房はいずこも同じではございませぬか」

と村崎同心の問いをかわした幹次郎は、

「真打《しんうち》登場です。面番所のお歴々《れきれき》に場を譲りませぬか」

と番方に話しかけた。

「なんだ、そのほうら、わしが来るまでぼうっと突っ立っていたわけではあるまいな。調べたことを話していかぬか」

「いえ、ぼうっと立ってこの家の佇まいを見ていただけにございます。ご賢察《けんさつ》のほどお調べを願います」

と言い残した幹次郎は、面番所の村崎らと交代して蜘蛛道に出た。そこでは医師夏村志円《なつむらしえん》が孫市の傷を検視していた。

「ご苦労にございますな」

仙右衛門が町奉行所出入りの検視医に声をかけ、傍《かたわ》らをすり抜けると孫市が襲われた天女池の現場に向かった。

四

幹次郎と仙右衛門は天女池のほとりの現場を見たあと、揚屋町に出入り口がある島新蜘蛛道とは別の、江戸一に出る路地を伝った。

幹次郎は孫市が襲われた現場の様子を歩きながら考えていた。

四つの頃合、木枯らしの吹き荒ぶ天女池になぜ孫市が出たのか。目が見えない人ほど視覚以外の勘を使い、慣れた道を踏み外すことはないのにと幹次郎は訝《いぶか》しく思ったからだ。

現場にはたしかに豆腐油揚の食べかけが転がっていた。腹を空かせた孫市は豆腐油揚を食べるのに夢中で、また、木枯らしにいつもの方向感覚を失ったのであろう。

食べかけの豆腐油揚の他に、後ろ歯より前歯がすり減った高下駄と杖が転がっていた。杖にすがって前屈《かが》みに歩く孫市の歩き方が前歯をすり減らしたのだろう。

幹次郎は竹杖を手にしたが、仕込み杖ではなかった。

凶器は下手人が用意して孫市の背後に迫り、突き通したと推測された。

孫市の懐の金子を狙ってのことだろうか。

「番方、孫市は評判と同じ人柄かな」

幹次郎は、蜘蛛道の先を歩く吉原に生まれ育った仙右衛門に質した。わずか二万七百余坪の吉原に遊女三千人余を、

「売りもの」

にして、その何倍もの人々が住み暮らしているのだ。幹次郎と汀女もその一員であると思った。

吉原は官許の遊里でありながら外界とは、

「隔絶《かくぜつ》された町」

であった。

幹次郎は蜘蛛道がどう走っているかおよそ承知していても、住み暮らす人々の一人ひとりまでは知らなかった。

「金貸しをする按摩といえば、知らない者ならば因業姑息《いんごうこそく》な人柄だと決めつけましょうがね、孫市に関して悪い噂はひとつとしてありませんや。羅生門河岸《らしょうもんがし》に落ちた年増《としま》女郎に金を願われて貸すような人のよさですよ。

いえね、去年の八朔《はっさく》の日に白無垢《しろむく》の仕度ができない羅生門河岸の梅香《うめか》に金を貸

したんですよ。梅香が労咳《ろうがい》を患《わずら》い、そう長いことはないと承知の上で貸した、いや、最後の花道を飾るように与えたんです。梅香が中見世で一時お職を張っていたとき、情けをかけてもらったという理由でね。そんなわけで梅香が亡くなるとき、最後まで大事にしていた鼈甲《べっこう》の櫛《くし》を借財の代わりに孫市に残したって、わっしの耳に話が伝わっているくらいです。櫛は梅香が若かったとき、贔屓《ひいき》の客からもらったものでね、形見《かたみ》を渡された孫市は、見えない目に涙を浮かべて受け取ったそうですぜ」

「そのような人物が蜘蛛道に暮らしておったか。その鼈甲の櫛はあの孫市の部屋にあった風呂敷包みの中にあるのであろうか」

ふたりは昼間でも薄暗く曲がりくねった蜘蛛道を江戸一に出ると、大きく息を吸った。

昨日から一転して暖かな冬の日差しが廓内に落ちていた。風もない江戸一の木戸口に冬野菜が筵の上に広げられて、引手茶屋や妓楼の女衆が購いに集まっていた。冬は野菜の彩りが少ない季節だ。野菜の傍らには樒《しきみ》が売られていた。縁起《えんぎ》商売の吉原では欠かせないものだった。

「神守の旦那、番方、なんぞあったかえ」

疋田屋《ひきたや》の遣手《やりて》のおさいが尋ねた。

「世はこともなし、と言いたいがないこともない。朝からだれぞに尻を叩かれてこうして神守の旦那と廓内を歩き回っている」

仙右衛門がおさいの問いを外して答え、

「ご一統、昨晩木枯らしが吹いた。風邪なんぞ引かないようにしなせえ」

と如才《じよさい》なく言い足すとその場を離れた。

吉原がいちばん長閑《のどか》な刻限だった。遊女は二度寝の最中、そろそろ目を覚ます頃合だった。

会所に戻ると小頭の長吉たちがすでに戻っていた。別の蜘蛛道を走り帰ったのか。

「七代目がお待ちです」

「小頭、最初に孫市殺しの現場に駆けつけたのはおまえさんだね」

「わっしですが」

と長吉が応じて、

「ならば、おまえさんもいっしょに」

と奥へ通るように指示した。

三人が会所の奥座敷に通ると、雪見障子の向こうに見える坪庭を四郎兵衛が見ていた。視線を幹次郎が辿ると真っ赤な冬椿《ふゆつばき》が咲いていた。

「按摩の孫市が殺されたって」

三人を振り返った七代目が尋ね、

「へえ」

と応じた仙右衛門が手際よく現場の様子を語った。

四郎兵衛は番方が報告している間、口を利かず煙管を手で弄《もてあそ》んでいた。集中しているときの癖《くせ》だった。

仙右衛門が報告を終え、長吉を見た。なにか付け加えることはないかという視線だった。

「番方が話した以外になにもございませんが、百三の案内であの場に駆けつけたとき、路地で最初に感じたのは食べ物の匂いでしたよ。最初はなんだか分かりませんでしたがね、殺された天女池の現場に食いかけの豆腐油揚が落ちているのを見たとき、『そうか、孫市は豆腐油揚を食っているときに襲われたのか』と得心《とくしん》しました。その匂いも時の経過とともに薄れていきましたがね」

長吉が四郎兵衛に向かって告げた。

「豆腐油揚な」

仙右衛門が、孫市の最後の客が豆腐屋の親方の大八だった経緯を告げた。

「そうか、豆腐屋の大八親方に揚げ立ての豆腐油揚をもらったか」

「木枯らしがやんだ間に明日の分をと拵《こしら》えたものだそうで、まだ温かったそうです」

「孫市が最後に食ったものが豆腐油揚か」

四郎兵衛が呟いた。

現代で油揚と単に呼ばれるものの元祖が豆腐油揚だ。つまりは豆腐屋が扱う品物であった。

『油揚と云ふもの有り。よき豆腐を用い、これを切りて片となし、紙上に広げて水気を取る。湿乾して、煎《い》った油の中に投入して煮熟すれば焦赤脹起して揚る勢をなす。故に油揚と称す』

元禄年間に記された『本朝食鑑《ほんちょうしょっかん》』に記載されるほど江戸では馴染の食いものだった。

四郎兵衛が黙っている幹次郎に視線を向けた。

「小頭、百三に案内されて孫市が倒れている現場に駆けつけたとき、豆腐油揚の他に匂いはしなかったか」

「なにしろ筵が掛けられていたもんで。それでもたしかに素揚《すあ》げの油の匂いがしたんですよ」

と長吉が答えた。

「筵を引き剝がしたかな」

「百三は孫市の顔を確かめもせず、殺されたって会所に飛び込んできましたがね、わっしは筵をわずかに捲《めく》って顔を確かめました。それで孫市と得心したんです」

「百三は裸足の足を見ただけで孫市と推察したようです」

仙右衛門が付け加えて、四郎兵衛が頷いた。

「小頭、筵を捲ったとき、匂いはしなかったか」

幹次郎が重ねて訊いた。

「だから、豆腐油揚の匂いがね、しましたよ。もっとも、天女池の傍に落ちていた食いかけの豆腐油揚を見てそう得心したんですけどね」

「他の匂いだ」

「さあて」

長吉が首を捻った。

「それがしが孫市のうつぶせになった骸を起こしたとき、素揚げの匂いは感じなかった。だが、かすかに鬢付けの香りが孫市の首の後ろ辺りから漂って消えたような気がしたのだ」

「鬢付け油、ですかえ。あっ、そういえば、鬢付けの香りがしたかもしれねえ。わっしは食いものの匂いばかり気になっていたもんで忘れておりました」

と長吉が言った。

「神守様、つるつる頭の孫市は鬢付けなんて使いませんがね」

四郎兵衛の目が幹次郎の顔を正視し、先を促《うなが》した。

「七代目、推量の域でしかございません」

「それでようございます」

鬢付けとは髪油のことだ。

菜種《なたね》油などを主《おも》な原料にして晒木蠟《さらしもくろう》に香料を加え固く練った油で、女衆がおくれ毛や乱れ毛にならぬように塗ってかたちを整えるために使った。

「鬢付け油の主《ぬし》ってえと、女子《おなご》が下手人ですかねえ」

長吉が幹次郎の話す前に呟いた。

「ふだん鬢付けを用いない孫市のうなじ辺りから鬢付けの香りがなぜしたのか。

もし、下手人が孫市の背後から迫り、片手で豆腐油揚を夢中で食べる孫市の首に腕を絡《から》め、体を寄せながら背から心ノ臓へと細身の刃を突き立てたとしたら、下手人のつけていた鬢付けの香が孫市に移ったということは考えられます」

「神守様、女が下手人とするとえらい大力《だいりき》ですぜ」

「番方、鬢付け油を使うのは女子とはかぎりますまい。吉原の客は見栄張りだ。鬢付けで乱れぬよう髷《まげ》を整える者もいよう」

「いかにもさようでした」

仙右衛門が返事をした。

「下手人を男とか女子とかと特定するのはまだ早い。ですが、蜘蛛道の奥、孫市の住まい近くまで骸を引きずっていったことを考えると、番方が言うように女子ならばよほどの大力ですぜ」

「天女池のほとりに骸を放置すれば夜中でも人目につく。そこで路地奥まで引きずっていき、骸の発見を遅らせた。そして、どこから探してきたか筵を被《かぶ》せて、孫市を隠した」

「そこですね。吉原でも馴染の女郎を殺して心中を、なんて考える客がいないわけではない。女郎のあとを追おうとしたが、怖くなって死に切れず楼を逃げ出す。

そんな折り、情を交わしてきた女郎の顔や体に布団をかけて隠す輩が多い。それと同じで、筵を掛けたのは孫市を知った者の仕業であることを示しておりましょうな」

「七代目、世間と隔絶された吉原に、蜘蛛道の奥に隠れて天女池があることを承知の客は多くございますまい。まして、その場に立ったことのある客はさらに少ない。孫市を殺した下手人は、客というより吉原の住人かもしれません。按摩の孫市が大金を持ち歩くことを承知していて、さらに住まいがどこにあるのかまで知っておる住人です」

幹次郎の推量に一座に重い空気が漂った。

吉原は特殊な場所だ。御免色里では、吉原の顔たる遊女三千人は大門の外へは自らの意思で出歩くことも叶わなかった。そんな遊女を支えるのがその何倍にも及ぶ吉原の住人たちだ。だれもが同じ境遇を有しているがゆえに、仲間との信頼も結びつきも深いと考えてきた。そんなうちのひとりが孫市を殺したらしいと幹次郎は言うのだ。

「番方、念を押すが、孫市は懐に持ち歩く大金を狙われ、殺されたのですな」

四郎兵衛が念を押し、それが、と仙右衛門が幹次郎を見た。

「七代目、孫市が廓内に流れる噂のように懐にすべての持ち金を所持していて、下手人がそれを奪い去ったとしたら、そこで目的は果たしたわけでございますな。なにゆえ孫市の住まいを探ったのでございましょうか」

「そうか、そのことがあったな。待ちなされ、神守様。孫市の金貸し稼業はうちでは黙認してきました。阿漕《あこぎ》な金貸しではのうて、女郎助けの金貸しと承知していたからです。ですが、借りた金は利子をつけて返さねばならない。客にもいろいろありましょう。返金に困った『客』のひとりが切羽《せっぱ》詰まって孫市の口を封じて証文を奪い去ろうとした。そして、事のついでに懐の所持金まで持ち去ったとしたらどうなりますな」

「七代目、孫市は廓内で流れる風聞《ふうぶん》のように、懐に吉原で二十数年稼ぎ貯めた金子を持ち歩いていたのでしょうか。あるいは貸した金の証文とともに、あの狭い、不用心な家に保管していたのでしょうか」

「孫市がだれかに預けていたと言われますか」

「さあてそこは」

「七代目、孫市の骸を見つけた豆腐屋の百三は、孫市に信頼されて十日に一度ほど部屋の掃除をなして、その都度三十文の駄賃をもらっていたと言うておりました。百三に預けていたということはございますまいな」

仙右衛門の言葉にその場が沈黙してそれぞれ考えに落ちた。

「百三は正直者で通っております。もし孫市の金子や証文を預かっていたとしたら、真っ先にわっしらに話したと思えませんか」

と仙右衛門が言った。

「あいつがざるに入れた豆腐を手に会所に飛び込んできた動揺から考えても、孫市の金や証文を預かっていたとしたら、番方が言うように必ず最初に喋りますって」

長吉も仙右衛門に賛意を示した。

四郎兵衛が幹次郎を促すように見た。

「これは行きずりの犯行ではありますまい。孫市の人となりを知り、暮らしをとくと承知で、考え抜いた者の企《くわだ》てとは思われませぬか」

「とは申せ、最前からの話ではそいつが孫市から二十数年稼ぎ貯めた金を奪い去ったと言い切れないのでございましょう」

「はい」

「私どもとて按摩の孫市を知っていたようで、よう知らなかったのかもしれませんな。人ひとりにはそれぞれ秘密もあれば、隠しごともございましょう。まず孫市を知ることがこの殺しの下手人を捕まえる第一歩になるかもしれません。私は先代が深川一ッ目之橋際の惣録屋敷から吉原に孫市を受け入れた経緯を調べてみます」

四郎兵衛が言った。

「七代目、それほど根が深い殺しと思われますので」

「番方、善人と思われた者ほど隠しごとがあるかもしれません。按摩を吉原が惣録屋敷から受け入れたのは孫市ひとりでございますよ。もしや、と思いついた話でございましてな」

「七代目、意外とその線、後々大事になってくるような気が致します」

「ほう、神守様がそう申されますか。となれば褌《ふんどし》を締め直して当たってみますか」

四郎兵衛が応じた。

幹次郎らが会所の表座敷に戻ると番方が、

「小頭、孫市の昨日の動きを調べてくれないか。最後の客は豆腐屋の大八親方と分かっている。こちらはわっしが調べよう。親方の前に何人揉み療治をしたか、その際の様子などを問い質してくれないか」

と命じ、長吉が受けた。

「それがしはなにを致そうか」

「神守様はわっしが願うより自在に動かれたほうがようございましょう。わっしはともかく大八親方に会ってみます」

仙右衛門が言った。

吉原会所に若い衆を何人か残す要があった。

昼見世が開かれる刻限になると、客が詰めかける。

昨日木枯らしが吹いていただけに、穏やかな冬晴れに変わった本日は、客が多いことが予測された。

長吉と金次、仙右衛門がそれぞれ探索に出ていった。

幹次郎がどうしたものかと思案していると、会所の腰高障子の向こうに影が差し、がらりと戸を引き開けて面番所の同心村崎季光が姿を見せ、

「なんだ、裏同心どのは火鉢番か」

と幹次郎に言った。

「孫市の検視は済みましたか」

「刺殺だ、死因ははっきりしておる。孫市の貯め込んだ金目当ての犯行だな。二十数年、爪に火を点すように暮らしてきたというで、三、四十両の小金は貯めておったであろう。按摩を殺して得をしたやつ、もはや大門の外でのうのうとしていよう」

と村崎同心が言った。

「吉原の客が孫市を殺したと申されますか」

「孫市が懐金を常に所持していたことはだれもが承知のことだ。そんな噂を知った客が孫市の姿を見てこれ幸いとあとをつけ、一気に事に及んだんだな。昨夜は木枯らしが吹き荒んでおった。客も少ない、楼の灯りも消えていたであろう。下手人め、運のいいやつだぞ」

一気に決めつけた。

「はあ」

「生返事をしおって、さてはわしの推察に不満か。昨夜、吉原にいた客は多くない。その線で探索を続けよと申しておるのだ」

「最前、下手人は大門の外に出たと申されませんでしたか」

「会所から一軒家を頂戴し、そなた、気が緩《ゆる》んだのではないか。人を殺《あや》めて甘い汁を吸った下手人はな、必ず人を殺めたり、火つけをした場所に戻ってくるものだ。そこを捕えよとそれがしが知恵を貸しておるのだ。しっかりせぬか、裏同心どの」

好き放題に言い放った村崎が会所から出ていった。

しばし村崎季光の言葉を思い返した幹次郎は、

（一理あるかどうか）

と思い、火鉢の傍らから立ち上がった。

第二章　二本の刀

一

神守幹次郎は、蜘蛛道を抜けて天女池のほとりに出た。

昼四つ半（午前十一時）過ぎだろう。

遊女たちが朝湯に入ったり朝餉を摂ったりする刻限で、吉原の新しい一日が始まった頃合だった。楼の主が、どこの楼にも備えつけてある看板板から、昨夜の客の入りを大福帳《だいふくちょう》に写して渋面《じゅうめん》を拵えている内証《ないしょう》の光景が幹次郎には想像された。

なにしろ昨夜は木枯らしが吹き荒れていた。客はどこも少なかったはずだった。

幹次郎は冬枯れの天女池を見回した。野地蔵《のじぞう》を、色づいた葉がいくらか残った桜の木が見下ろしていた。

幹次郎の注意は孫市が殺された場に向けられた。

吉原会所の面々が下調べしたあと、面番所の隠密廻り同心村崎季光やその配下の小者《こもの》たちがそれなりに調べたようで、木枯らしが吹き抜けた地べたにはその痕跡が残り、孫市の血が、乾いたせいで黒ずんで見えた。しかしそこが孫市の襲われた場所と知らなければ、まず気づく人はいないだろう。

幹次郎は、天女池の周囲の裏町や妓楼から聞こえてくる人の気配、暮らしの物音や匂いを感じながらひっそりと佇んでいた。孫市を殺めた下手人は、血に染まった凶器をどこかへ隠して逃げたか。

幹次郎は、孫市の背から胸へと得物《えもの》を突き通すには力の他に度胸も技も要《い》ると思っていた。凶行《きょうこう》を済ませた下手人は、なぜ孫市を天女池のほとりから島新の蜘蛛道の奥へと引きずっていったのか。

どれほどの刻《とき》が流れたか。

「幹どの」

と声が背中でした。

振り向くまでもなく三浦屋の薄墨太夫だ。体の向きを変えた幹次郎の目に禿を連れた薄墨が黄色の菊を抱えて立っているのが映った。

「汀女先生を真似てみました」

と加門麻《かもんあさ》の声音《こわね》で薄墨が言った。

加門麻は薄墨の本名だ。そして、汀女を真似たというのは、汀女が幹次郎を呼ぶ折りの「幹どの」という呼びかけだ。幹どの、姉様、と互いに呼び合うのは夫婦だけだ。それを加門麻が真似たと言ったのに幹次郎は気づかないふりをして、

「お六《ろく》地蔵へ供える菊にございますか」

と尋ねた。

「いえ、按摩の孫市さんが亡くなられたと聞きましたので、せめて花なりともと思い、仲之町に出ていた花売りから求めて参りました」

加門麻の言葉に頷いた幹次郎は、ここが孫市の襲われた場だと目で教えた。禿は線香を手にしていたが、あっ、と小さな声を上げた。

「線香を点ける火を忘れたか。蜘蛛道口の家から借りてきなされ」

幹次郎が言うと、禿が太夫をちらりと見てから駆け出していった。

「近ごろ、楼に入ったばかりの禿です。まだ吉原の暮らしにも楼の仕来《しき》たりにも慣れておりません」

と加門麻が言い訳した。そして、天女池のほとりの黒ずんだ地面に抱《たむ》えていた菊の花を供えた。そこへ線香の香りがして禿が戻ってきた。線香が手向けられ、太夫が禿に、

「おけい、そなたもこちらに腰を下ろして手を合わせなされ」

と命じた。

湯上がりにほとんど化粧をしていない加門麻とおけいと呼ばれた新入りの禿が並んで腰を屈め、花と線香が供えられた場に向かって合掌した。

幹次郎もふたりの背後に立ち、瞑目《めいもく》して手を合わせた。すると加門麻のうなじから湯上がりの匂いが線香の香りといっしょに漂ってきたように幹次郎には感じられた。

立ち上がった加門麻が禿に、

「先に楼に戻っておりなされ」

と命じ、おけいが頷くと蜘蛛道へと走っていった。

「太夫、孫市を承知でしたか」

「神守様、この場では加門麻にございます」

と薄墨太夫が諫《いさ》めた。

この刻限、薄墨太夫は小紋を着ることが多く、武家の女子のような装いをしていた。それが吉原で全盛を誇る薄墨太夫が、わずかに己の出自《しゅつじ》を忘れぬよう、自らを戒《いまし》める決まりごとであり、しかしまたそれは加門麻に戻ることのできる貴重な時間だった。

その時間、太夫を本名で呼ぶことは幹次郎と麻の暗黙の約束ごとだった。

「失礼をば致しました。麻様、孫市を呼んだことがございますか」

「いえ、私はございません。うちでは旦那様が孫市さんを十日に一度ほど帳場《ちょうば》座敷に呼んで揉み療治をなされておりました。また遊女の中には旦那様が終わったあとに療治を頼まれる方がおられます。ゆえに孫市さんの顔をみな承知です」

加門麻は、いくら松《まつ》の位《くらい》を極めた太夫とはいえ客に身を売る商売だ。按摩とはいっても、客以外に身を預けることを自らに許さなかった。

幹次郎も按摩にかかったことはない。それでもひとりの療治に四半刻から半刻《はんとき》(一時間)はかかることを承知していた。

「三浦屋さんでよく孫市に揉み療治を頼んでいた遊女衆はどなたであろうか。いえ、孫市の人柄が今ひとつ摑《つか》めぬで、訊いてみたいと思いついたのです」

「そうですね」

と思案していた加門麻が、

「小百合さんでしょうか。ただ今訪ねれば話が聞けましょう」

と言い、その場から野地蔵に手を合わせ、孫市のための菊と線香に視線を落とした。

幹次郎は麻の供養《くよう》が終わったのを見て、火のついた線香を折って短くし、地面に改めて供えた。短い線香なれば直ぐに燃え尽きる。一本の線香から火事が起こるとは思えなかったが万一のことがあってもいけない。火事を未然に防ぐ工夫を忘れないことは吉原の住人の心得だった。

「気づかないことでした」

「詫《わ》びる謂《いわ》れはありません、麻様」

「はい、幹どの」

と応じた加門麻は先に立ち、天女池から蜘蛛道のひとつに入った。

最前、おけいが姿を消した蜘蛛道でもなく、孫市の骸が放置されていた島新の路地でもなかった。京町一丁目の三浦屋に戻るには遠回りで、お店が一軒もない蜘蛛道だった。

幹次郎は黙って従った。

薄暗がりにあったとき、麻が後ろから来る幹次郎を振り向き、

「汀女先生に柘榴の家に誘われました。お邪魔してようございますか」

と尋ねた。

思いがけない言葉に幹次郎の返答にはしばし間があった。

柘榴の家はむろん吉原の大門外だ。遊女が外に出るなど、格別なことがなければできなかった。だが、薄墨太夫は三浦屋の旦那や女将《おかみ》の絶大な信頼があり、途方もない分限者からの落籍《らくせき》話があっても、

「わちきは吉原で生涯を全《まっと》うします」

と断わり続けていた。そのことは遊女の間で、

「吉原七不思議の一」

と評判だった。そんなわけで薄墨が四郎左衛門に願えば、柘榴の家を何刻か訪ねることは許されようとも思った。それにしても汀女はどうしてこのことを幹次郎に話さなかったのか。

「迷惑ですか、幹どの」

「さようなことはござらぬ、薄墨太夫」

「薄墨ではありません。そなた様の前では束《つか》の間《ま》にしても加門麻にございます」

と低い声で言った麻が不意に幹次郎の胸に倒れ込んできた。
幹次郎は思わず片腕で抱き留めていた。
顔がすうっと幹次郎の顔に寄せられ、幹次郎の唇と重なった。
ふたりは蜘蛛道の暗がりでひとつの影に溶け込んでいた。
一瞬の出来事だった。
加門麻が幹次郎の片腕を解《ほど》くと、なにごともなかったように歩き出した。
幹次郎の唇に加門麻の香りだけが残っていた。

薄墨の　香り残して　立ち去りぬ

幹次郎の脳裏にただ言葉が浮かび、その場の一瞬の光景を認めた蜘蛛道の奥の眼差《まなざ》しに幹次郎は気づかなかった。

幹次郎は、縁起棚の前に座す三浦屋四郎左衛門に、抱え女郎の小百合に話を聞きたいと願った。
「孫市の一件ですかな」

「いかにもさようです。四郎左衛門様も、孫市を十日に一度は呼んでおられたと薄墨太夫から聞きました。ですが、孫市がいくら上得意様とは申せ、四郎左衛門様と気楽な世間話をしたとは思えませぬ。その点、女郎衆なれば気を抜いた話をしたのではないかと考えました」

「すべてお見通しですか。いかにも孫市は十年来の出入りの按摩にございますがな、ちゃんと話をした覚えはございませんな。いえね、孫市はなかなかの腕の仕事人でしたから、揉まれているうちについ眠り込んでしまいましてな、話もなにもあったもんじゃございません」

四郎左衛門が苦笑いをして、

「その点、小百合は話を聞くのが上手な女郎です。座敷に上がりなされ」

と許したあとで、

「おお、忘れるところでした。帰りに帳場に寄ってくれませんか。お渡しするものがございます」

と幹次郎に言った。

頷いた幹次郎は帳場裏の階段から二階に上がった。長い廊下を大階段のほうへと進むと遣手のおかねが幹次郎の姿を見て、

「小百合さんは、その座敷にいるよ」

と煙管の先で教えてくれた。すべて薄墨が手配してくれたのであろう。

「小百合どの、会所の神守にござる」

と障子の向こうに声をかけた。煙草の吸い過ぎで嗄《か》れた声が入室を許した。

「御免」

盛りの過ぎた小百合は部屋持ち女郎ではない。来客があるときだけ、共用の座敷を使うのだ。そんな座敷に小百合が角《かく》火鉢と煙草盆を前にぽつんといた。

「女郎に、どのだって」

と小百合が笑った。

さん付けで遊女に呼びかけるより、幹次郎にとって堅苦《かたくる》しくてもこのほうが都合がよかった。会所の裏同心と女郎の距離を取るためだ。加門麻とあのような一瞬があったあとのことだ、複雑な気持ちを隠す意もあった。

「昼見世前にすまぬ」

「孫市さんが殺されたってね、驚いたよ」

「昨夜のことだ。そなた、孫市をときに呼んだらしいな。話を聞かせてくれぬか」

「話ってなんですね」

「昨夜は呼んでおらぬか」

「あの木枯らしですよ。素見客だっていやしませんよ。按摩を取る者なんぞいるものか」

幹次郎の問いを勘違いしたか、小百合がそう答えた。

「ああ、そうだ。木枯らしが吹きつける中、孫市さんの姿を見たんだ」

と小百合が言った。

「いつのことだ、どこでだな」

「だから木枯らしが吹いていた刻限ですよ。うちの前を仲之町のほうへ、『鍼灸はらとりおうかがーい』って、笛を鳴らして声を張り上げていったがね、あの木枯らしじゃあ、だれも按摩なんぞ頼むまいよ」

と小百合は言った。

「木枯らしはいったんやんだ。やんだあとの話かな、前かな」

「いえ、どこの妓楼も灯りを消して、半分張見世を閉じたところもあったくらいだから、木枯らしがやむ前の話だね。六つ半（午後七時）過ぎの頃合かね」

「小百合どの、そなた、よく孫市を呼んで揉み療治をしてもらったらしいが、その折り、四方山話《よもやまばなし》をした口か。それとも按摩されながら四郎左衛門様のように寝た口か」

「私はだれからでも話を聞くのが好きなの、だって十数年も大門の外に出たことがないんだもの。世間の話が聞きたいじゃないか」

「孫市が小金を貯めているという噂は知っておるな」

「そりゃ、吉原の住人ならだれだって承知のことだ。金貸しをしていたこともね」

「そなた、孫市に金子を借りたことがあるか」

「この楼はそういうことに厳しいの。だれひとり孫市さんに金を借りたりするもんか。この先、どうなるかしれないがね、もっとも孫市さんが死んだんじゃ金も借りることはできないね」

小百合が言い切った。

「孫市は懐に貯め込んだ金子を持ち歩いていたという話もある」

「あの話は嘘よ」

即座に小百合が言い切った。

「嘘とはどういうことか。常に懐に所持していたそうではないか」

「縞柄のしっかりとした造りの巾着《きんちゃく》の中に入っていたのは拵えものの包金《つつみきん》よ。何年か前、正月に呼んだとき、私だけにって拵えものの包金を見せてくれたもの。二十五両包みをふたつ」

「それをそなたに見せた」

「あのとき、孫市さん、旦那を揉んだあとで、酒をご馳走《ちそう》になって口が軽くなっていたんだと思う」

用心のために拵えものの包金を持ち歩いていた孫市は本物の金子をどこに隠していたのか、それともだれかに預けていたか。

「孫市には血縁の者がいたのであろうか」

「けつえんって、おかみさんのこと」

「女房はいないと番方に聞いておる。ひょっとして、どこかに親類縁者がおったのであろうか。そのような話を聞いたことはないか」

「長い付き合いになるけど、孫市さんの親兄弟の話は聞いたことないわね。昨夜、孫市さんは殺されたとき、お金を奪われたんじゃないの」

「そなたが言うように拵えものを持っていたとしたらどうなるな」

「どうなるってどういうことよ」

「孫市の住まいに、だれぞが探した跡が残されておった」

「家に隠していたの。それを持ち去ったの」

「それが分からぬ」

と答えた幹次郎はしばらく沈思した。

江戸外れの生まれという小百合は、煙管に刻みを詰めて煙草盆の火をつけた。

「三浦屋の前を孫市が通ったのが六つ半時分と言うたな」

「およそのことよ。素見だって滅多に見かけない夜だった。だけど、所在なくたって、張見世をいつも通りに続けるしかないの」

「その時分、三浦屋も客はなかったか」

「そういや、素見がいたわね。大見世に慣れない素見でさ、私から吸い付け煙草をもらってさ、遠慮しいしい喫していったくらいだね。その素見がいなくなったあと、孫市さんが通りかかったのよ」

「素見と孫市は出会《でお》うていると思うか」

殺された刻限は、この話の一刻《いっとき》半（三時間）もあとのことだ。素見と関わりがあるとは思えなかったが、そう尋ねていた。

「孫市さんが通り過ぎてしばらくしてからのことだから、素見ふたりと孫市さんが会うことはなかったと思うわ」

「なにっ、素見はふたりだったか」

孫市を殺した下手人はひとりと幹次郎は見ていた。

「そう、ふたり組のうぶな職人ね」

と応じた小百合が短い間に吸った煙管を煙草盆の縁に叩いて吸殻を捨てた。

「ああ、そうだ。孫市さんは、だれぞの月命日《つきめいにち》に欠かさず本所《ほんじょ》だか、深川《ふかがわ》だかに寺参りすると聞いたことがあるわ」

「月命日に寺参りな」

収穫だと思った。

「姥百合の話はこんなものでありんす」

小百合は最後に冗談めいた廓言葉で締めくくった。

「助かった」

「わちきの話が役に立ったかね」

と言った小百合がしばし沈思し、

「神守様、孫市さんの仇《かたき》を討って」

と真剣な顔で願った。

幹次郎が帳場に戻ると四郎左衛門が昼餉を食していた。

「神守様、蕎麦《そば》ですが食していかれませぬか。ちと話もあることですし」

と言い、女衆に幹次郎の膳の仕度を命じた。

帳場にはふたりだけになった。

遊女衆は昼見世のために化粧の仕上げをしている刻限だろう。

「話とはなんでございましょう」

「鎌倉では七代目の命を助けてもらった。それにまさか建長寺に吉原を造った大恩人の隠し墓があるなんて、神守様の助けがなければ私どもは知ることはできませんでしたよ。神守様はこの吉原の救いの神様だ」

四郎左衛門の話を幹次郎は黙って聞いた。そして、四郎兵衛が鎌倉での出来事と『吉原五箇条遺文』が建長寺に残されていることを、三浦屋四郎左衛門には話したかと察した。幹次郎の胸中を察した四郎左衛門が言った。

「神守様、このことを七代目が話されたのは、この廓の中で私だけでございますよ」

幹次郎が頷くと四郎左衛門が長火鉢の傍らに置いてあった刀袋を摑み、

「神守様、私の気持ちだ。受け取ってくれませんか」

と幹次郎に差し出した。

二

幹次郎は、いったん会所に立ち寄った。すると仙右衛門や長吉らもちょうど戻ったところのようだった。

一方、四郎兵衛は他出《たしゅつ》したとか。行き先はおそらく深川一ッ目之橋際の惣録屋敷と思われると仙右衛門が言い、幹次郎が手にした刀袋をちらりと見た。

「わっしから報告しやしょう」

と前置きして、孫市の最後の客となった豆腐屋の大八親方から聞き出した話を始めた。

それによれば、大八は時折孫市に揉み療治を頼んでいたという。

昨夜は急に寒くなったせいか腰に痛みがにわかに起こり、我慢ができなくなった。そこで屋号もない豆腐屋のただひとりの奉公人百三に使いを頼んで、孫市を呼んだというのだ。

孫市はうつぶせに寝かせた親方の体を頭から爪先《つまさき》まで触診し、

「親方、こりゃ、長年無理な姿勢で働いたせいだな、そいつを木枯らしが引き出しやがった。わしの揉み療治で急に治るわけではないがさ、なんとか腰の痛みを軽くしてみるよ」

と言い、鍼と揉み療治を熱心にやってくれたという。

療治が続いているうちに大八は腰の辺りが温かくなり、痛みのためにこのところ寝られなかったせいもあって、うつらうつらと眠り込んだという。ふと気づいて目を覚ますと、

「孫市さん、すまねえ。療治を受けながら眠り込んでしまった」

「親方、按摩にとって気持ちよく眠ってくれる客は上客だ」

「やっぱり長年の無理のせいかね」

「間違いない。できることならば、ふた巡りほど湯治《とうじ》養生にでも行くことだ」

湯治場のひと巡りは七日だ。大方の病はふた巡りすると効くという。

「孫市さん、しがない豆腐屋が湯治養生なんて夢のまた夢だよ。そんなこの世の極楽は死ぬまでできっこないよ。おれは生涯、豆腐を作り続けるよ。冗談は言いっこなしだ」

「親方、冗談を言ったつもりはないよ。それほど親方の腰は傷んでいるよ」

「どうすればいい」

「まず柴田相庵先生に相談することだな」

「医者は嫌いだ。だが、相庵先生ならかかってもいい」

「もっとも相庵先生もさ、精々膏薬《こうやく》をくれてさ、仕事をしばらく休めと言われるような気がするよ。それに柴田先生は風邪を引いて寝込んでいるそうだ。直ぐには診てもらえないな」

「おや、相庵先生も寝込んだか。お互いよ、歳だもんな。我慢しながら仕事をするしかないか」

「親方、明晩からわしがしばらく療治に来よう。なあに治療代はいいよ、いつも世話になっているからね。季節が落ち着いたころにさ、揉み療治をひと月も続ければ腰の痛みも消えるかもしれないからね」

と孫市が言い、大八は、

「すまねえ」

と答えた。そして明日の仕込みをしていた百三に、

「百三、孫市さんの腹が最前からぐうぐうと鳴りっ放しだ。揚げたての豆腐油揚

を二枚ほど渡しねえ。それでさ、孫市さんを家まで送っていくんだよ」

と命じた。

だが、孫市は豆腐油揚を有難《ありがた》く頂戴したが、百三が送ることは慣れた道だからと断わったという。

「こんな話はすでに百三から聞いて知っていることばかりだがね、ひとつだけ孫市が大八に漏らしたことを聞いた、そいつは百三も知らなかった話だ。昨夜の客は、大八親方を入れて四人ということだ」

「えっ、四人の客があったのか」

と長吉が探索に抜かりがあったかという顔をした。そんな長吉に仙右衛門が、

「孫市の昨夜の仕事先は、三人しか突き止められなかったのか、小頭」

と尋ねた。

「へえ、こちらの調べで挙がったのは大八親分を含めて三人きりです。夕方の最初の客は、池田屋の居続けで千石船の船頭銀太郎《ぎんたろう》って男でしてね、明日まで楼に居続けして明後日には荷を積んだ千石船で上方《かみがた》に出立《しゅったつ》すると言っておりました」

「千石船の船頭か、金回りがいいからな」

仙右衛門の言葉に長吉が頷き、

「孫市に按摩を頼むのは初めてだそうで、吉原の按摩はなかなか腕がいいと感心しきりでしたよ。潮《しお》っ風に長年当たった精悍《せいかん》な面構《つらがま》えで気風《きっぷ》もいい男でしたね。気持ちよくて眠り込み、孫市とはほとんどなにも話はしていないそうです」

「按摩って眠り込むほど気持ちいいもんかね。大八親方といい、その船頭といい、ただの眠たい年寄りってことじゃないのか」

と金次が呟いた。

長吉が金次をちらりと睨《にら》んで語を継いだ。

「ふたり目は、羅生門河岸の女郎のおとせで、孫市は長年馴染の按摩だそうで、死んだと聞かされて愕然《がくぜん》としていましたよ。昨晩は、おとせの療治はいつもより短かったそうで、四半刻で終わらざるを得なかった。というのもね、馴染の客が来たからで、孫市は、五十文もらって局見世を追い出されたんです。その刻限が曖昧《あいまい》なんですが、木枯らしが吹きやんでいた時分だったというのですよ」

仙右衛門が幹次郎を見た。

「われらが大門から見た孫市は、いかにも羅生門河岸から追い出されてきたところだったのだろう」

「神守様、見たんですか」

「番方といっしょにな。孫市は笛を吹きながら揚屋町の木戸口に向かって歩いておった」

「そうか。となると、神守様と番方が見たあとに揚屋町近辺で三人目の客を摑まえたということになるな」

と長吉が幹次郎へと首を捻り、念を押した。

「木枯らしがやんだ時分に羅生門河岸から出てきて揚屋町へと姿を消したとなると、五つ時分でしょうかね」

「間違いない。われらが会所を出たのもそんな刻限であった」

「大八親方の揉み療治はいつ始まったんですかね」

「およそ五つ半（午後九時）時分と思える。そして、半刻後の四つの頃合に木枯らしがふたたび吹き始めた天女池のほとりで襲われたってことだ」

「すると孫市は五つから五つ半の間にもうひとり客を取ったことになるな。調べ直します」

と長吉が言った。

「神守様はどちらに行かれました」

傍らの刀を包んだと思える古裂《こぎれ》の袋を仙右衛門が気にした。

「三浦屋を訪ねた。あの楼にも孫市は出入りしておったので、旦那の四郎左衛門様と新造の小百合さんに話を聞いてきた。ところで、その前に番方の話で気になったことがあった」

「なんですね」

「本筋ではないかもしれぬ。孫市は昨晩のうちに柴田相庵先生が風邪で倒れたことを承知していたようだな」

「そう大八親方に話したそうで」

「番方が、お芳さんの使いが来て相庵先生が風邪で寝込んだと聞いたのは昨夕ではなかったか。だれもが知っておる話であろうかな」

「それもそうですね。たしかに医者の不養生をお芳が吹聴《ふいちょう》して歩くはずもない。孫市は、だれから聞いたのですかね」

仙右衛門が首を傾げ、

「いや、孫市殺しに関わる話とも思えんが、気になったのだ」

幹次郎は番方へ言い訳するように言ってから、今度は三浦屋で訊き込んだ話を披露した。

「なんと、小百合が孫市の秘密を承知でしたか。懐に持ち歩いていた金子は、拵えものの包金ふたつね」

仙右衛門が感心したように言った。

「孫市は正月の酒に酔ってつい口が軽くなり、しっかりとした造りの縞柄の巾着に入った拵えものの包金ふたつを小百合にしかと見せたそうな」

「となると昨夜孫市を殺した野郎は、天女池のほとりで孫市を刺したあと、骸を引きずって孫市の住まい近くまで移動させ、筵を被せてから孫市の家に入り、行灯の灯りを点して包金を検《あらた》めたんですかね。そして、拵えものの贋金と知った」

「番方、そんなところかな」

「人ひとりを殺して手に入れた金子が拵えものと知った下手人め、怒り心頭だったでしょうな。野郎、孫市の隠し金を見つけたんでしょうかね」

「懐に拵えものの包金を持って用心に用心を重ねていた孫市があの不用心な突き当たりの家に隠したとも思えない。ひょっとしたらの話だが、孫市が月命日と称してひと月に一度出かけていたという本所だか深川だかの寺の近くに、孫市の金の預け場所があるのではないか」

「そうか、孫市はこの二十数年吉原の中で過ごしてきたと思っていたが、世間にひとつだけつながりを持っていたか」

「番方、七代目が戻ってくれれば月命日の謎が解けるような気もするんだがね」

「孫市は、深川の惣録屋敷で育ったんでしたな」

「そういうことだ」

しばし座を沈黙が支配した。

「神守様、番方、孫市を殺《や》った野郎、もはや廓の外に逃げておりませんかえ」

と長吉が尋ねて、

「孫市が懐に大金を持っておると思い込んで背後から不意打ちで殺し、懐の物を奪ったはいいが拵えものの包金。それではと家探ししても見つからないとなると、孫市を殺した事実だけが残ったということになる。こりゃ、客であれ、吉原の住人であれ、廓から逃げ出したくなりませんかえ」

とさらに考えを展開した。

「金は手に入らない、孫市は殺した。怖くなって逃げ出したってことは十分に考えられる」

仙右衛門が長吉の考えに賛意を示し、幹次郎の顔を窺った。

「それがし、孫市を殺した者は、客ではなく住人と思うてきた、それもひとりの仕業とな。だが、小百合が承知していたように孫市の懐金は用心のための拵えものと知っていた者が意外と他にいたのではないかと、小百合の話を聞いて考えを変えた。となると、吉原でだれぞに話を聞きかじった客が孫市を襲ったというこ とも考えられる。だがな、話を聞きかじっただけの客が蜘蛛道をよく知っており、孫市の住まいまで承知していた、というのは解《げ》せんのだ」

「神守様、孫市殺しはひとりの凶行と考えますか」

「孫市を襲ったのはひとりだ。だが、孫市のことを、蜘蛛道のことを、ついでに住まいのことを喋った者がいたことは十分考えられる」

「ふたり組ってことですか」

「番方、ご一統、この段階で下手人が吉原の住人、あるいは客であると、どちらかに決めつけるのはちと早いかもしれぬ。ひとりなのかふたり組なのか、あるいは三人以上なのか、そこを仮定して動くのもまた間違いを起こすような気がする。もう少し孫市の暮らしぶりや周りを調べてみようではないか」

「わっしは昨夜の三人目の客を見つけます」

と長吉が言った。

「番方、ひとつ頼みがある」

と言う幹次郎を、なんですね、という顔で仙右衛門が見た。

「孫市が殺された天女池を浚《さら》ってくれまいか。凶器が見つかるかもしれぬ」

「池に投げ捨てたとおっしゃるんで」

「孫市を殺すまでそいつは下手人にとって大事な道具だった。だが、孫市の息の根を止めて、懐の包金を奪ったとなると、凶器は用済み。邪魔になるばかりか自らを危険の淵《ふち》に連れていく代物《しろもの》と考えて投げ捨てたかもしれぬ」

「神守様、身を守る道具とは考えなかったのでございますか」

「そうも考えられるが、孫市の骸を蜘蛛道の突き当たりまで引きずっていくのに邪魔になったような気がしてならぬ」

幹次郎の言葉に仙右衛門がしばし考え、

「天女池を総浚いする要がありましょうかな。そうなると大事《おおごと》だ」

「いや、人ひとりを殺して動転しているはずの者が咄嗟《とっさ》に考えたことだ。孫市が殺された場所から精々一間（約一・八メートル）か一間半（約二・七メートル）ほどの池の縁をまず探ってくれぬか。見つかるような気がするのだ」

「その程度ならば、わっしらでできますぜ」

と金次が名乗りを上げ、

「あの近辺の水かさは一尺（約三十センチ）から深くて一尺三、四寸（約三十九

〜四十二センチ）です。一刻（二時間）もあれば浚えましょうよ」

と請け合った。

「金次、凶器は鞘なしで投げ込まれておることも考えられる。手探りするとその者の手を傷つけることになる。手を防御してな、笊《ざる》などで水底を浚うことを考えたほうがよい」

「金次、こいつはよ、鳶《とび》の頭に相談してみねえ。火事場に慣れた連中のほうが手早い」

仙右衛門が金次に知恵を与え、

「合点《がってん》です」

と金次が飛び出していった。

そして、長吉も若い衆をひとり連れて、昨夜孫市が揉み療治をしたはずの三人目の客を探り出しに揚屋町界隈《かいわい》に向かった。

いつしか昼見世が始まっていた。

会所の火鉢の傍に仙右衛門と幹次郎、ふたりだけになっていた。

ふたりは四郎兵衛の帰りを待っていた。なにか孫市殺しの手がかりを四郎兵衛が探り出してくるような気がしていたからだ。

仙右衛門の視線がまた紫地の布に包まれた刀にいった。

「気になりますか」

「いえ、どうなされたのかなと思っただけです」

「深い仔細《しさい》はございませぬ。ですが、四郎兵衛様が戻られてから話をいっしょに聞いてもらいたく思ってな」

仙右衛門が致し方ないという表情を見せた。

「相庵先生の加減はどうですね」

「かなり熱が出ましてね、お芳がひと晩じゅう相庵先生の額を冷やしておりました。わっしが出てくるころには熱がひいたようにも見えましたが、また夕暮れになるとぶり返すかもしれません」

「急に寒くなったでな」

「いや、風邪を引いた患者から移されたようでございましてね、その患者はすでに治っているということです」

「風邪は他人に移すと治るといいますでな。じゃが、無暗《むやみ》に医師に移されてはたまらぬ」

と幹次郎が応じたとき、表戸が引き開けられて、

「おーい、天女池の池浚いをするというが、どういう魂胆《こんたん》か」

面番所の村崎季光同心が顔を覗かせた。

「ああ、あれですかえ。神守様の発案でね、孫市を殺した凶器を探しておるのでございますよ」

ふーん、と鼻で返事をした村崎が、

「よき思いつきかもしれぬ」

と珍しく会所の行いを認める発言をした。

「おや、そう思われますので」

「番方は裏同心どのに賛意を示して池浚いを命じたのではないか」

「いえね、孫市を殺した下手人は、わっしら夜廻りなんぞに出会ったときのために得物を手にしていたかったんじゃありませんかね。最後の頼みとなるのがその血に塗《まみ》れた刃物と思いませんか」

「番方、そなた、会所で何年飯を食うておる。長いこと人の性《さが》や愚行《ぐこう》を見てきたであろうが、ときとして人というものは奇妙な行いをなすものだ。こたびのこと、実に分かりやすい。懐に大金を持ち歩く按摩の孫市を襲って刺し殺し、用を果たした刃物は池に投げ捨てた。そして、もうひとつ厄介《やっかい》な孫市の骸を天女池から蜘蛛道の奥へと隠そうとしたが、途中で力尽きて孫市の家の手前で放り出し、筵を掛けて隠した」

「筵を掛けたのは知り合いだからではないのでございますか」

「ただ単に孫市の骸が見つかるのを遅らせるためだろう。事実、朝、豆腐屋の奉公人が見つけるまで発見されなかったではないか」

「村崎どの、孫市の家が家探しされておる。この一件、どう考えればよいのですか。早く逃げようというのが人情と思いませぬか」

「裏同心どの、そなたもまだ甘いな。人というもの、欲はかぎりなく深い。家にも隠した金があると考えた。そこで家探しをなしたのだ」

「となると、下手人は孫市のことをよう承知の者でしょうな」

「吉原に遊びに来る客にはいろいろと曰くつきの男もいよう。凶状持《きょうじょうも》ちの男が孫市のことをどこぞで聞き知ったとしたら、かような凶行に及ばぬか。裏同心どの、そやつが凶器を池に捨てたという考えはよいが、あとの推察が甘いな」

と言い放った村崎が、

「どうだ、呉越同舟《ごえつどうしゅう》、池浚いを見物に行かぬか」

と幹次郎と仙右衛門を誘った。

三

三人が天女池に着いたとき、吉原に出入りの町火消《まちびけし》十番組「ち組」の若い連中と会所の金次ら七、八人ほどが、孫市の襲われたとみられるほとりから池に向かって奥へ二間、左右に四間（約七・三メートル）ほど縄を張り、その縄張りされた区画を竹笊や使い古した鳶口《とびぐち》など思い思いの道具を利用して、池の底を浚っていた。

池のほとりには交代の若い衆がいて、焚火《たきび》を囲んで水に冷えた体を温めていた。吉原界隈を仕切る「ち組」は町内の雑用は大概引き受けてくれた。今日の捜索《そうさく》の頭分は梯子《はしご》持ちの秦助《しんすけ》のようで膝まで水に浸《つ》かっていた。町火消の中でも各組の長《おさ》は、

「頭」

と呼ばれ、纏《まとい》持ち、梯子持ち、平人《ひらびと》、下人足などがその下にいた。

「秦助さん、ご一統、ご苦労にございます」

と仙右衛門が如才なく言葉をかけ、

「なかなか見つかりませんか」

と尋ねた。

「番方、池の底は泥があってよ、足を捉《とら》えてなかなか体が動かせねえ。それに季節だな、水に浸かっているとみっちりと足が冷え込んできやがる」

と腰を屈めて顔だけを仙右衛門に向けた秦助が応じて、

「くそっ」

と言いながら竹笊を池底に突っ込み、

「よいしょ」

と持ち上げた。すると濁った泥水が掬《すく》い上げられて笊から水がざあっと零《こぼ》れたが、泥といっしょに笊に残ったのは長いこと水に浸かっていたと思えるぼろ財布だった。

「また、財布だ。番方よ、最前から財布巾着がいくつも見つかったぜ。廓内で掏摸《すり》か泥棒野郎が客の懐のものを奪い、中の金子は抜いて空《から》になった財布に石なんぞ詰めて天女池に投げ込んだんだな」

と秦助が推測した。

「大方そんなところだろうよ。一時、鷲《おおとり》神社の酉《とり》の市《いち》に掏摸の一味が横行《おうこう》したことがあったもんな」

仙右衛門が応じて、幹次郎は池の底から引き上げられた空の財布や煙管、遊女の汚れた細工物の簪《かんざし》など雑多な戦利品が積まれているのを見た。どこにも孫市を殺した凶器らしきものはない。強《し》いていえば錆《さ》びくれた金棒《かなぼう》と金梃《かなてこ》があったが、むろん孫市を刺した凶器とは違った。

按摩の孫市は鋭利《えいり》な細身の刃でひと突きにされていた。

「ふうっ、冷え切った」

と金次が呟き、仙右衛門が、

「日暮れが近いや、冷え込んできて風邪でも引くと元も子もなしだ。そろそろ仕舞いにしようか」

と池浚いの連中の体を気にした。だが、秦助が、

「このままなんの手柄もなしに上がるのは悔しいじゃないか。番方、もう少し頑張らしてくんな」

と願った。

命を捨てても炎の中に突っ込んでいく火消や鳶は心意気商売だ。唇を紫色にした秦助は吉原会所の頼みをなんとかかたちにしようとしており、弱音を吐くつも

りはなかった。

仙右衛門は焚火に当たっていた若い衆のひとりに、

「揚屋町裏の湯屋を会所の名で借り切ってこい。仕事が終わったら皆で湯屋で体を温めるんだ。着替えも会所から運んでこい。玉藻様に願えばなんとか都合してくれよう。それと会所によ、酒の用意を願ってくんな」

と命じ、会所の若い衆の見習いが蜘蛛道に駆け込んでいった。

もはや、天女池の周りが薄暗くなった。

焚火と提灯の灯りが池浚いの男たちの頼りだった。

金次が池の奥に縄が張られた先に古い鍬《くわ》を入れて、手前へと引いてきた。

「この付近から深くなってやがるんだ。天女池は底に湧水《ゆうすい》がいくつもあるからきれいな水かと思ったら、底は泥砂だぜ。おれっちがこうして掻き回すもんだから、浮き上がった泥砂でよ、水の中なんぞは見えやしないや」

と言いながら、三つ股の鍬を引き揚げた。

「なにもなし」

と吐き捨て、体を横にずらして縄張りの向こうにまた鍬を打ち込み、体のほうへと引いてきた。

「うむ」

「なにかあったか、金次」

「大きな石に鍬先がぶつかって動かないや。くそっ」

と強引に手前に引いて、

「抜けたぞ、ざまあみやがれ、天女池の大石め」

と寒い体を鼓舞《こぶ》するように叫んでいた金次が、

「うん」

と首を傾げた。

「またがらくたか。こりゃ、明日朝から仕切り直しでよ、大掛かりに池の掃除をするるか」

と仙右衛門が金次に応じると、

「番方、鍬の先になにか固いものが引っかかった。まさかじゃねえよな」

最前からがらくたばかりを引き当てた金次が慎重に鍬の柄《え》を引き揚げようとしたが、鍬の先に引っかかったものが落ちかけたようだった。

「秦助さん、おれがそっと鍬の先でそいつを浮かすからよ、見えたら取ってくんな」

「合点だ」

金次は慎重に池底から鍬の三つ股の先に引っかかったものを水面《みなも》へと持ち上げた。するときらりと冬の残照に光る抜身《ぬきみ》が水面に姿を見せた。

「おおっ」

と秦助が驚きの声を発し、手にしていた竹竿で抜身を掬い上げるようにして確保した。

「こりゃ、まだ新しいぜ」

「ああ、そのようだな」

と水の中のふたりが言い合いながら、金次がかじかんだ手で白木《しらき》の柄を摑んで空中に上げて岸辺の面々に見せた。

「こりゃ、当たりだな」

「神守様の勘が大当たりだ。秦助さん方、気をつけて岸に戻りねえ」

「ううっ、冷てえ」

と言いながら秦助らが天女池から上がり、かじりつくように焚火を囲んだ。

「秦助さん、焚火もいいが走りねえ。伊兵衛《いへえ》爺さんの湯屋に話を通してあるし、着替えも直ぐに投げ込ませる」

仙右衛門が秦助らに言い、ち組の面々が蜘蛛道にある伊兵衛の湯に走って消えた。この湯が天女池から一番近かった。

金次は抜身を手に最後にゆっくりとほとりに戻ってきた。

「手柄だ、金次どの」

幹次郎が褒《ほ》め、

「こんな刃物、見たことねえよ」

と言って金次が差し出した抜身を、手拭いで幹次郎が受け取った。

その周りに仙右衛門と面番所の隠密廻り同心村崎季光が寄ってきて、しげしげと刃を見た。

直刀の平造《ひらづくり》の刀であった。

「孫市を殺《や》ったのはこいつで間違いねえな、細身で両方に刃がある」

仙右衛門の言う通りに両刃《もろは》だった。

「なんだ、奇妙な刃だな。異人の持ち物か」

と村崎同心が言い、焚火の火にかざした幹次郎は仔細に点検して考え込んだ。

白木の柄だ。

村崎同心が言うような異人の持ち物ではあるまいと幹次郎は思った。

だが、村崎が言い切った。

「うん、これは異人の刀鍛冶《かじ》が造った短剣だ」

幹次郎は鎬筋《しのぎすじ》を見ていった。

鎺元《はばきもと》から切っ先まで通る鎬筋の左右に刃がつけられた両刃造りの代物だった。刃の長さは一尺一寸三分（約三十四センチ）ほどか。

細身の刃は見事な逸品だった。

幹次郎は昔、豊後岡藩の城下の古道具屋でこの手の両刃造りを見た覚えがあった。

その折り、刀も扱う古道具屋が、

「神守さんな、こりゃあ室町《むろまち》の中ごろから天正《てんしょう》（一五七三〜一五九二）のころのものじゃや。主に備前《びぜん》で造らるるもんやに。戦場《いくさば》でよ、組打ちになったとき、便利で扱いやすいき。刺突《しとつ》と截断《せつだん》のふたつう兼ね備えた鎧《よろい》どおしの一種っちゃ。こん両刃造りには、刀鍛冶の腕が試されよる。けんど、こりゃ、鈍刀《なまくら》両刃造りじゃ」

と言った言葉を思い出していた。

この両刃造り、あのときの刀に類するなかなかの逸品と見た。

孫市を殺して持ち金を奪おうとした下手人は、この両刃造りの価値を知らなかったと思えた。この江戸で然《しか》るべき刀剣商に持ち込めば、それなりの値で引き取ってくれたであろう。

幹次郎は、刃を眺めながら思案してなにか引っかかりを感じた。だが、それがなにか直ぐには思い出せなかった。

「なにを考えておる、裏同心どの」

と村崎同心が幹次郎を睨んだ。

「なんとも不思議な刀かな、と思うておりました」

「それは当たり前だ。最前わしが言うた言葉を聞き逃したか。異人が造った道具だ。かような刀を刀鍛冶が造るはずもないからな」

「村崎様、異人の持ち物ならば柄だってかように白木の柄ということはございますまい」

「番方、分からぬか。異人が長崎辺りに持ち込んでな、売り捌《さば》こうとした。だが、かような珍奇《ちんき》な代物だ。高値では売れない。人から人に安値で渡るうちに拵えがだめになってな、とうとう値がつかなくなって差し当たり白木に挿《す》げ替えた。まあそんなところだな。どうだな、裏同心どの」

「村崎どのの慧眼《けいがん》恐れ入りました」

と幹次郎はあっさりと答えていた。

「聞いたか、番方」

「まあ」

仙右衛門は得心している様子はなかった。だが、幹次郎の言葉になにか含みがあると思ったか、それ以上村崎同心に反論することはなかった。

「神守どの、その凶器、こちらで預かろう」

と村崎同心が手を出した。

「按摩の孫市殺しの一件、面番所が探索するのですか。会所は池浚いだけでよいと言われますか」

「そうではないが、大事な殺しの証《あか》しゆえ面番所で預かろうと言うておるのだ」

「村崎どの、われらが孫市殺しの探索を続けるのであれば、この凶器は探索の手がかりとして重要ですぞ。会所の手にあったほうがよい。それとも孫市殺しはもはやどうでもよいと申されますか」

「だれがそのようなことを言うた」

「ならば会所がこの両刃造り、預かります」

「神守幹次郎、おぬし、なんぞわしに隠しておらぬか」

「なにも隠してなんぞおりませぬ」

「ならば孫市殺しの下手人を早々に突き止め、面番所に引き渡せ」

「そのようなことは、いつものことではござらぬか」

村崎季光は、探索は会所がして、その手柄は面番所、いや、自分にくれと望んでいた。

幹次郎は仙右衛門を見た。

「ようございます、村崎様」

仙右衛門が村崎の言葉をあっさりと承諾《しょうだく》すると、

「よいな、しかと申しつけたぞ。ああ、それから、その凶器は異人の道具というそれがしの考えをもとに探索に当たられよ、裏同心どの」

とさらに念を押した村崎同心は、小者らを連れて蜘蛛道から面番所に戻っていった。

幹次郎は手拭いに金次の手柄の両刃造りを包んだ。

会所の面々が焚火の始末を天女池の水ですると、金次が訊いた。

「湯屋に行っていいかえ、番方」

「許す。ち組の連中にな、酒を呑ませて帰《けえ》しねえ。頭には明日にも礼に行くと伝えるんだ」

番方が金次に許しを与えたので、がたがた震えながらも会所の若い衆が伊兵衛の湯屋に走って消えた。

天女池は真っ暗になり、孫市が殺された池のほとりにふたりだけが残された。

「村崎季光め、てめえでは汗も掻かず手柄だけ持っていこうとしやがる」

「いつものことではござらぬか。それならそれで使い道もある」

と応じた幹次郎が、

「白木の鞘はどこにあるのか」

と自問するように言うと、

「そりゃ、下手人が持ち去ったのではございませんか」

「鞘だけを持ってどうするのだ」

「ああ、それもそうだ」

「会所に戻ろうか」

幹次郎は寒くなった天女池から蜘蛛道を通って仲之町に出ようとした。すると

その蜘蛛道の途中で湯屋から賑やかな声が伝わってきた。最前まで池淒いしてい

た「ち組」と会所の面々が湯に浸かり、ほっとしている声だった。

不意に蜘蛛道に人影が現われた。湯屋の主の伊兵衛だった。最前まで釜場《かまば》の火の加減を見ていたか、そんな感じだった。

「伊兵衛さん、すまねえ、急に貸し切りだなんて無理を言って」

「おや、番方と神守の旦那か。孫市さんを殺した道具が天女池から見つかったってね」

「鞘なしだが見つかった」

「鞘なしだって、抜身で持ち歩いていたのか」

「白木の鞘に納まっていたはずなんだがね」

という仙右衛門の言葉に伊兵衛が手拭いに包まれた長物《ながもの》を持つ幹次郎の手を見た。

「それがそうか」

「いかにもさよう」

「見せてくれないか」

「なんぞ心当たりでもござるか」

「年寄りの目だ。思い違いということもあるけどな」

伊兵衛の迷ったような返事に、

「灯りがあるところで見てもらおう」

と幹次郎が願うと、人ひとりようやく通り抜けられる釜場にふたりを伊兵衛が誘った。

狭い中に古材を切ったらしい薪《まき》が積んであった。

釜場にひとつある軒《のき》行灯の灯りの下で幹次郎は、両刃造りを見せた。

伊兵衛が目を近づけて柄の部分を見ていたが、釜の脇から半分焼け焦げた鞘を黙って持ってきて、

「鞘ってのはこれじゃないか」

とふたりに差し出した。

幹次郎に渡された鞘は鞘尻から半分ほどが焼失していたが、白木の鞘口から下半分は残っていた。

両刃造りを焼け焦げた鞘に納めると、白木の柄と鞘がぴたりと合った。

「これをどこで」

「昨日のことだ。木枯らしが吹くんで湯屋は休もうと思ったがさ、夕方やんだんで釜に火を入れたんだよ。だけどよ、また四つごろから風がひどくなったろう。

だからよ、釜の火を落とそうとここに来てみると、こいつが燃えていたんだよ。古材でも薪でもない。なんでこんなもんがと訝しく思ってよ、釜から取り出して火を吹き消してあそこに置いておいたんだ。なにに使おうと思ってのことじゃない。ただ、何気なくだ」

「こいつが燃えていたのは四つ過ぎと言いなさったね、伊兵衛さん」

「とにかくそんな頃合だ」

「この釜場にはだれもが出入りできるのかな」

「この蜘蛛道の住人と客ならば、だれだって出入りできるさ。町の湯屋と違い、わしと釜番ふたりで切り盛りしているしがない湯屋だもの、釜場にだれもいない時間《とき》が長いよ」

と答えた伊兵衛は、

「昨夜のあの時分、もはや客はいないし、釜にはちょろちょろとしか火が残ってなかったや。この白木の鞘が投げ込まれたのはわしが拾い上げた直前ではないかな、ほんの一刻前だ」

「そやつと出会《でくわ》さなくてよかったよ。孫市さんを殺した野郎だ、伊兵衛さんだって危なかったぜ」

「えっ、わしが」

仙右衛門の言葉に伊兵衛が初めて驚きの表情を見せて、それが恐怖に変わった。

四

会所に神守幹次郎と仙右衛門が戻ると、奥座敷に七代目頭取四郎兵衛が出先から戻っていた。

刻限は六つ半時分か。

「天女池の池浚いをしたそうで、寒い中ご苦労でしたな」

とふたりを労《ねぎら》い、

「われらは見ていただけです」

と答えた幹次郎が手の中の半分焼けた無様な鞘に入った両刃造りを見た。

「孫市を殺した凶器が見つかりましたか」

「へえ。ち組の連中が手伝ってくれましてね、助かりました。こいつを見つけたのは金次で、池浚いを考えついた神守様と並んでお手柄です」

と前置きした仙右衛門は、池浚いの様子から伊兵衛の湯屋の釜場に投げ込まれていた白木の鞘の発見までを手際よく語った。

幹次郎は座敷の隅に古裂に包まれた刀が置かれていることを確かめ、

(今日は刀に出合う日だ)

と思った。

幹次郎は改めて手拭いで天女池から発見された両刃造りの短刀を拭い、四郎兵衛に渡す前に明るい灯りの下で点検した。

見れば見るほど古刀の中でも逸品と思えた。池に投げ込まれていたにもかかわらず血糊《ちのり》のような染みが両刃の切っ先に残っているのが確かめられた。

「また珍しい脇差にございますな」

「七代目、面番所の村崎同心め、何度も念押しして異人が造った刃物だと決めつけやがった」

仙右衛門が言い、四郎兵衛が幹次郎を見た。

「どうですね」

「その昔、岡藩の城下、刀も扱う古道具屋で同じような両刃造りを見たことがございます。珍しい造り込みなのでよく覚えています。室町中期の文明《ぶんめい》(一四六九〜一四八七)ごろから天正ごろにかけて主に備前で造られた両刃造りだそうで、短刀として戦場での組み打ちで使われたようです。それがしが見た岡城下の両刃造りは古道具屋が駄作と申しましたが、この両刃造り、なかなかの逸品とみました。銘《めい》を確かめてようございますか」

幹次郎が願い、四郎兵衛が許しを与えた。

幹次郎は鎬筋が通った刃を上にして刀身を抜くと、差料《さしりょう》の小柄《こづか》を使って目釘《めくぎ》を抜き、鎺《はばき》を外して銘を確かめた。

「備州住長船辰治《おさふねたつはる》　文明六年甲午《きのえうま》」

と刻まれていた。

三百年以上も前の古刀だった。

会所の物差しで測ると刃渡りは一尺一寸五分（約三十五センチ）と分かった。反《そ》りのついた片刃の刀でいうならば、短刀というより脇差に近い長さだ。

幹次郎は両刃造りの脇差をしげしげと確かめた。殺しに使われ、無造作に池などに捨てられる刀ではないと確信した。

「名作ですか」

「見事な作です」

「つまり按摩の孫市を殺した下手人は、この両刃造りの価値を知らなかったのですな」

四郎兵衛が念を押した。

「刀の目利きではございませぬが、まず見事な鍛造《たんぞう》かと推察つきます。孫市を殺さずとも、三十両や四十両で買う刀剣収集家や刀屋がいたはずです」

「となると武士ではない」

「ただ今の武家方は、それがし同様に刀の目利きではございません。ゆえに決めつけられません。ですが、それがしも武家ではないとみております」

「神守様、吉原の客が外から持ち込んだ脇差ではなくて、吉原の住人が持っていたものと推察されるので」

「そのことだ、番方」

「なんぞこの両刃造りに覚えがございますか」

幹次郎は四郎兵衛に長船辰治を見せながら、

「半年も前でしたか。五十間道裏の質屋鈴木屋宏右衛門《すずきやひろえもん》方に、先代の弔いを浄閑寺《じょうかんじ》で催し、留守をした隙に泥棒が入った。金は地下蔵に仕舞っていたので盗まれませんでしたが、店に出してあった質草《しちぐさ》やら鈴木屋の持ち物が盗まれた騒ぎがございませんでしたか」

「ありました」

仙右衛門が声を張り上げたとき、表土間に、どどどっと人が入ってきた気配がした。

「あっ、忘れていた。池浚いを手伝ってくれた『ち組』の連中に一杯呑ませる約束をしていたんだ」

仙右衛門が立ち上がりかけ、

「番方、どうですね、五十間道の煮売り酒場に長吉に案内させては。会所で呑み食いさせるより早いし、気楽でしょう」

と四郎兵衛が指図《さしず》し、

「いかにもさようでした」

仙右衛門が奥座敷から出ていった。

「番方が戻ってくるのを待ちますか」

と話を一時中断するよう四郎兵衛が幹次郎に求め、

「そちらの刀はなんでございますな」

古裂の刀袋に入れられた大刀に視線をやった。

「三浦屋の女郎のひとり小百合が孫市の客というので訪ねたところ、帰り際に、鎌倉行を労う褒美《ほうび》だと四郎左衛門様から頂戴したものにございます」

幹次郎が答えた。

「そうでしたか、四郎左衛門さんにだけは鎌倉の出来事をすべて話してございますでな。神守様が探り出された吉原の秘密に対し、四郎左衛門さんは礼の気持ちを表わしたかったのでございましょうな。

三浦屋さんでは溜まった遊び代がわりに武家方が家宝と称する刀なんぞを持ち込んで、致し方なく刀で受け取らざるを得ないことがあるんですよ。いつぞや妓楼の主が刀簞笥《かたなだんす》を持っているとか、笑っておられました。もっとも持ち込まれた家宝の半分は、刀剣屋に持ち込んでも遊び代の一割にもならない代物とか、刀簞笥は鈍刀《なまくら》の寝床と苦笑いされておりましたよ。神守様は、その刀、ご覧になりましたか」

「鈍刀ではございません。相州五郎正宗《そうしゅうごろうまさむね》の高弟、正宗十哲《じってつ》のひとり佐伯則重《さえきのりしげ》鍛造の名剣にございました。かような品を頂戴してよいものでしょうか。七代目にお伺いしてからと思うておりました」

「佐伯某とやらの刀、三浦屋の刀簞笥の肥やしにしてもなんの役にも立ちますまい。神守幹次郎様が吉原のための御用に使われるのが、その刀にとっても冥利《みょうり》というものです」

四郎兵衛の言葉に幹次郎は頷いた。そして、津島傳兵衛《つしまでんべえ》道場に出入りする刀剣屋から聞いた話を思い出した。

「四郎兵衛様、相州正宗の鍛えた刀と村正《むらまさ》の名刀を流れに立てておくと、村正の刃に当たった木の葉はさっと切れてふたつになったとか。ところが正宗の刃に近づいた木の葉は刃を避《よ》けて流れていったそうです。この話を聞いた刀鍛冶の村正は、心中密かに切れ味を得意に思ったそうですが、正宗は、『刀は切れるだけが能ではない。人を斬らずに遠ざけるのが真の名刀だ』と村正の胸の中の得意を一蹴《いっしゅう》したそうです」

「その逸話《いつわ》、聞いたことがございます」

四郎兵衛が首肯《しゅこう》し、言い足した。

「吉原では格別に、無暗《むやみ》に人を斬り、血を流す騒ぎは避けねばなりません。その理《ことわり》を承知の神守様にこそふさわしい刀かと存じます。三浦屋さんの気持ち、有難く頂戴なされ。私の命料を四郎左衛門さんが立て替えてくれましたな」

仙右衛門が奥座敷に戻ってきた。

「お待たせしました」

いつしか表土間から伝わっていた賑やかな人の気配が消えていた。

「明日にも、ち組の頭にはわっしが挨拶に行って参ります」

仙右衛門が言い、

「神守様、質屋のさ、鈴木屋の一件だ。あちらで呑み屋の手配をしているうちに思い出しましたよ。たしか盗まれた中にこんな刀がありませんでしたか」

「番方、そのことです。話を聞きに行ったとき、鈴木屋の番頭も真っ直ぐな脇差なんぞ道中差《どうちゅうざし》としても売れない。刀はどうでもいいから、香炉《こうろ》なんぞ他の質草が戻ってくるといいと言っていたことを思い出したのです」

四郎兵衛が朴《ほお》の木で作られた柄から外された刀身を見た。

「鈴木屋はこれが名作と知れば喜びましょうな」

「明日にも確かめて参ります」

と幹次郎が請け合った。

幹次郎は手にしていた両刃造りの抜身の茎《なかご》を先にして四郎兵衛に渡した。

「半年も前に吉原の息がかかった五十間道裏の質屋で盗まれた刀が按摩の孫市殺しに使われたとすると、どういうことになりますな」

「いよいよ吉原の住人が孫市を殺めたとは思われませんか」

四郎兵衛の問いに幹次郎が応じた。

「神守様、吉原の住人とはかぎらない。この界隈の住人で商売柄吉原に出入りする者は結構多い。天女池も蜘蛛道も承知で、孫市が懐に金子を持ち歩いている噂も知っている者は結構おりますぜ。それに一年余前から廓の中でもこの界隈でも盗みが何件か続けざまに起こったまま、咎人《とがにん》が捕まってませんな。もし住人のひとりが鈴木屋のときから連続した盗みを行ったとしたら、そいつが孫市殺しも行ったということになる。なぜこたびだけ殺したのですかな」

「おかしいですか」

「なんとなくね」

幹次郎の考えに仙右衛門が異を唱えた。

「番方、いかにもそうでした。廓内と決めつけるのはまだ早い。だが、なんの証しもないが客ではないような気がするのだが、どうですね」

「私にも吉原の客ではないと思えます。天女池があることを承知の客はいても、伊兵衛の湯屋の釜場に入り込める客はいますまい」

四郎兵衛が言い、仙右衛門が応じた。

「七代目、まずいませんな」

「ともかくこの近辺で吉原と関わりがある者を炙《あぶ》り出しましょうか」

四郎兵衛が腹心のふたりに命じた。

「あら、男三人で茶も飲まずにお喋りなの」

といきなり玉藻が廊下に姿を見せて言った。

「ばか野郎、孫市殺しの下手人を捕まえる算段の最中だ。女がごちゃごちゃ口を挟むんじゃねえ」

四郎兵衛が珍しく娘の玉藻を怒鳴った。

「おお、怖《こ》わ。夕餉はどうするのと親切で訊きに来ただけなのに」

「まだ話が残っている。酒をくれ、玉藻」

少し語調を和《やわ》らげた四郎兵衛が言った。

「酒ね。昨夜は木枯らし、今夜は池浚いか。随分と寒い思いをしたんですものね、熱燗を直ぐに用意するわ」

親父の怒鳴り声など気にもかけない風情の玉藻が姿を消した。

四郎兵衛が煙草盆を引き寄せて間を取った。だが、腰に下がった煙草入れには手がいかなかった。

「孫市の出自ですがな、ちょっと曰くがございました。まあ、こたびの殺しとは関わりがございますまい。ですが、いささか気にかかって深川の惣録屋敷に久しぶりに杉山検校を訪ねました」

と四郎兵衛が前置きした。

「孫市の生まれに曰くがございましたか」

「番方、惣録屋敷からうちに来た按摩は、今日まで孫市が最初で最後ではございませんかな。聞けば不運な生まれでしてな」

四郎兵衛が惣録屋敷から聞き出してきた孫市の両親は、勾当の江村惣達《えむらそうたつ》と杉山検校一族の娘の和歌《わか》だったとか。

今から三十七、八年前のことゆえ、その当時のことを知る者はほとんどいなくなっていた。

江村惣達は女房持ちで、和歌とは当初ひた隠しにしての付き合いであったらしい。

「どのような経緯でふたりの不実が表に出てきたのか、もはや調べがつきません。ですが、惣達と和歌は目の見えない孫市を生《な》したあと、心中を企て、首を吊って死んだそうです。残されたのは乳飲み子の孫市で、惣録屋敷で育てられることになった。そして、ただ今の杉山検校の父親と先代の四郎兵衛との話し合いで、吉原に按摩として移り住んだらしい。惣録屋敷に孫市を置いておけない事情があったんでしょうな」

「へえ、そんなことがね。勾当とか杉山検校の縁といえば、それなりの出ではございませんか。孫市はそのことを承知していたんですかね」

「孫市の母親の墓ですがな、深川の弥勒寺《みろくじ》にございました。孫市が月命日に参っていたのがこの寺です。ということは、孫市は亡くなった親御の出や心中騒ぎを承知していたことになる」

「弥勒寺に孫市が月命日のたびにお参りしていたとしたら、寺ではなにか孫市について承知していないのでございますか」

「月命日の墓参りのあと、住職の宇延《うえん》和尚と昼餉をいっしょにしながら話すのが習わしだったようです。あいにく、宇延和尚は在所《ざいしょ》に出かけておりましてな、二、三日しないと江戸に戻ってこないということで話が聞けませんでした」

「惣録屋敷ではただ今の孫市について承知していないのでございますか」

「番方、孫市は無官を通していて惣録屋敷とは付き合いがなかった。吉原に追いやられたことを孫市は恨みに感じていたようなのだ」

「七代目も申されましたが、こたびの孫市殺しと孫市の出自とは関わりがあるとは思われませんな」

「そう思いましたが、吉原に関わりがあった孫市が殺されたんです。なんとなく出自を私が知りたくてね。たしかに先代と惣録屋敷は付き合いがあったことを私も覚えております」

四郎兵衛が言った。

浅草寺《せんそうじ》で鳴らされる時鐘《ときのかね》が響いてきて五つを告げた。

「孫市殺しの下手人め、吉原をとくと承知なことと、半年前に五十間道裏の質屋鈴木屋に盗みに入ったことくらいしか手がかりを残していない。明日、どこから手をつけますね、神守様」

「ただ今の時鐘は五つだな。どうだ番方、この両刃造りがたしかに鈴木屋から盗まれたものかどうか確かめに行かぬか。五十間道裏の質屋は店仕舞いが遅いと聞いた」

「へえ、この界隈の質屋は夜が稼ぎどきですからね、四つ近くまで暖簾を出しておりますよ。その代わり朝は遅い」

「よし、これから参ろう」

幹次郎が四郎兵衛の手から備州住長船辰治作の両刃造りを受け取り、鎺《はばき》と白木の柄をもとへ戻し、茎に目釘を打った。そして、半ば焼け焦げた鞘に入れて、手拭いで包んだ。

「神守様、あちらの刀はどうなされますな」

四郎兵衛が尋ね、さらに言い足した。

「もはや刻限が刻限ですよ。鈴木屋を訪ねたあと、それぞれ家に戻りなされ」

今晩は四郎兵衛がふたりの腹心にあっさりと帰宅の許しを与えた。

「ならばそうさせてもらいます」

会所の広土間では宗吉《そうきち》と新入りの遼《りょう》太《た》が番をしていた。

「小頭はどうしたえ」

「ち組の連中を連れて煮売り酒場に行き、そのあと、廓内を夜廻りすると言い残して出ていきました」

宗吉の顔には、酒好きの長吉が「ち組」の連中といつまでも付き合っていると不満の色が見えていた。

「分かった。おれたちは五十間道裏の鈴木屋に立ち寄る。なんぞあれば鈴木屋に遼太を走らせてくれ」

と命じた仙右衛門と幹次郎は互いに刀を一本ずつ手に提げて大門を出た。

「玉藻様も忙しいのかね。それとも七代目の怒鳴り声につむじを曲げたか、とうとう酒は出てきませんでしたね」

と仙右衛門が苦笑いした。

「おお、そうだ、忘れておった。玉藻様も大方忙しさに取り紛れて失念されたのであろう」

「このところなにかと忙しゅうございますからね」

と応じた仙右衛門が、

「その刀の曰くを聞かせてもらっていませんぜ」

と幹次郎が提げた古裂の刀袋の中身を手で指した。

「なにも話してなかったか。三浦屋に按摩の孫市の客がふたりいたのだ。旦那の四郎左衛門様と遊女の小百合です。旦那はなにも孫市と話したことがないというので、まずは小百合の話を聞いたのだが、帰りに立ち寄れと旦那に命じられていたので帳場に行くと、鎌倉での働きの礼だと、相州五郎正宗の高弟十哲と言われる佐伯則重鍛造の刀を下されたのだ。最前、番方が奥座敷を離れていた折りに、七代目に事情を述べて頂戴してよいものかどうか尋ねたところ、三浦屋の刀箪笥の肥やしにしてもしようがない、会所の御用に役立てるようにとの含みで、有難く頂戴なされと言われたのでいただくことにしたのだ。そんな曰くの刀だ」

「ほう、そんなことがね。神守様は刀を見たのかえ」

「三浦屋の帳場でちらりと眺めた。刃長二尺四寸二分（約七十三センチ）とみた。

佐伯則重についてなにも知らぬが、静寂にして孤絶《こぜつ》を感じる業物《わざもの》であった」

「三浦屋の旦那が刀をね」

となにかを催促《さいそく》するように呟いた。

「おかしいか、番方」

「いえね、今宵は刀尽くしの夜だと思ったのでさ。備州長船でしたかな、それに
佐伯則重と。一本は天女池から、二本目は三浦屋の刀簞笥からお出ましだ」

仙右衛門が幹次郎の問いかけを外して答えた。

幹次郎は番方に喉まで出かかった言葉を、鎌倉の秘密を口にすることなく、質
屋の鈴木屋の前に立った。

長い一日は未だ終わっていなかった。

第三章　未決の事件

一

吉原への入り口、日本堤《にほんづつみ》（通称土手八丁《どてはっちょう》）から大門を見ることはできない。五十間道が緩やかに右に左に曲がっているためだ。五十間道が蛇行《だこう》するのは人為的なものであった。

それは将軍一行が鷹狩りに行く折り日本堤を通ることがあったが、遊里の大門が望めるのは、

「宜《よろ》しからぬ」

ため、という理由が真《まこと》しやかに伝えられている。だが、幹次郎はその真偽《しんぎ》は知らない。

五十間道から続く衣紋坂《えもんざか》をほぼ上がり切ったところに見返り柳があり、その真向こうに高札場《こうさつば》がある。その裏側にひっそりと質屋鈴木屋宏右衛門方はあった。入り口は五十間道ではなく路地に面しており、間口一間ほどの狭いものだ。吉原に繁《しげ》く通う者ならば、煙草入れやら印籠《いんろう》を質草にした経験は一度や二度はあろう、よく知られた店だった。それだけに、

「鈴木屋の間口は狭いが内証は豊か」

と評判の質屋だった。

仙右衛門が風にかすかに揺れる暖簾を潜って、

「御免なさいよ」

と声をかけた。

奥行半間（約〇・九メートル）の土間に衝立《ついたて》のような腰までの板壁があり、その上に頑丈な格子が嵌《は》められていた。客との間で品と金のやり取りをするために一尺四方の四角な窓が開いていた。まるで小伝馬町《こでんまちょう》の牢《ろう》のような趣《おもむき》の向こう側にいた眼鏡《めがね》をかけた番頭の次吉《つぐきち》が、

「いらっしゃい」

とも言わず、じろりと訪問者を眺めた。しばしの間を置いて、

「なんだ、会所の番方か」

と不満げな声を漏らした。

「番頭さん、そう邪険《じゃけん》な応対をするんじゃないよ」

「ということは客で見えたか」

そんな問答のあと、幹次郎が敷居を跨いだ。

「用心棒の旦那までいっしょだとすると客じゃないな」

「ああ、わっしらは客じゃねえ。見てもらいたいものがあるのさ」

「目利きだけさせようという魂胆か」

「まあそんなとこだ」

と答えた仙右衛門が手拭いを解き、焼け焦げた鞘の嵌《は》まった両刃造りの切っ先を格子に切り込まれた小窓に突き出した。

次吉は不惑《ふわく》を三、四年前に迎えた年のころか。鈴木屋の番頭をもう十数年続けていた。とはいえ、鈴木屋は番頭の他に小僧がひとりいるだけだ。

「な、なんだえ、番方。驚くじゃないか。小汚い刃物を鑑定しろというのか」

「そういうことだ。覚えはないかえ」

「覚えだって」

次吉が格子に切り込まれた小窓から手を伸ばして両刃造りを受け取った。

「ありゃ、これはうちから盗まれた短刀じゃないか。おい、番方、ということは泥棒を捕まえたんだな。他に持っていかれた香炉はどうなった。こんな小汚い刃物より香炉のほうがうちには大事なんだよ。ありゃ、市場に出せば、二両はしようという代物だ、他の品はどこにあるんだ」

「香炉はまだ見つかってない。次吉さん、そいつがほんとうにこちらから盗まれたもののひとつかどうか、しかと確かめてもらいたい」

小窓と眼鏡越しにじろりと仙右衛門を見た次吉が、手にした両刃造りの半ば焼け焦げた朴の木で作られた鞘を外し、傍らの行灯の灯りにかざして確かめた。

さすがは長年鈴木屋の目利きを任されてきた番頭だ。険しい目に変わり、確かめていたが、

「間違いない、うちから出たもんですよ。いや、白木の鞘は少しばかり年季が入っていたけど、こんな風に焼け焦げてはいなかったし、刃もなんだか一段と薄汚くなったねえ。一体全体どういうことだね」

とぼやいた。

「やはりこちらから盗まれたもののひとつか」

「間違いないよ。番方、見つけた礼を言いたいがこんな刃物ひとつじゃ、うちの役に立たないよ。香炉を見つけて改めてお出でなさい」

それでも番頭が手の両刃造りをしげしげと見て、

「刃の先に染みまであるよ。どこで見つけたんだ」

と問い足した。

「番頭さん、しばらく人に吹聴してもらいたくない話がある。聞いてくれるか」

「商売柄口は堅いよ」

「昨夜、廓の住人で按摩の孫市が殺されたんだ」

「聞いた。懐の金はどうなった、やはり奪われていて、なかったろう」

「なかったな」

「やっぱり」

「おまえさんの手にある刃が孫市の背から心ノ臓へ突き通っていたもんだ」

仙右衛門の言葉にしばらく無言で格子向こうを見ていた次吉が、
ひえっ
と低い声で叫び、手にしていた両刃造りを小窓から突き返した。

「縁起《えんぎ》でもない。こんなもん早々に持って帰っておくれな」

「探索に要るものだ。そっちの焼け焦げた鞘もいったん返してもらおうか」

「うちじゃ、そんな曰くつきの刃物なんて要らないよ。会所で用立てな。按摩殺しの刃物だって、縁起でもないものをうちに持ってくるんじゃやないよ」

次吉が鞘も仙右衛門に差し出した。

「番頭さん、こいつはだれが質入れしたもんだえ」

「質入れじゃなくてさ、一見《いちげん》の客が買ってくれって持ち込んだものだ。質草じゃないよ」

「買い取りか。客の名は分かるまいな」

「一見だもの、名なんて書き留めないよ。役人にはあとでこっぴどく叱られたけど、一分《ぶ》というのを一朱《しゅ》で買い取ったものだよ」

「一朱ね」

「旦那にあとで、なんで年季の入った両刃の刃物なんぞを買い取ったと叱られましたよ。こいつは疫病神《やくびょうがみ》みたいな刀だ。番方、さっさと持ち帰っておくれ」

「いいんだね、うちでもらって」

「ああ、結構です。おまえさん方が帰ったら塩を撒《ま》いて店先を清めるよ。按摩の孫市の体に刺さっていた代物だって」

次吉が盛大にぼやいた。

仙右衛門は独り身の次吉が時折頬被《ほおかむ》りして伏見町の小見世の女郎笹女《ささじょ》のもとへ通っていることを承知していた。

「ならば、この両刃造り、鈴木屋ではいらない、会所でもらっていいというんだね」

「同じ問いを何度するんだよ。うちでは縁起でもない刃物より香炉とか印籠が出てきてほしいよ」

「番頭さん、盗まれた品をすべて書き出してくれないか」

「じょ、冗談じゃないよ。半年も前のことだよ。そんとき役人にさんざ訊かれて答えましたよ」

「廓の外の盗みだ。うちにはこちらの泥棒騒ぎは関わりがなかった。町奉行所の月番は南だったかえ、北だったかえ」

「南だよ。なんてったっけな。定町廻《じょうまちまわ》り同心の桑平《くわひら》なんとかという役人に厳しく叱られてさ、糞おもしろくもない目に遭いました。書き出したものは奉行所に出してあるよ」

「桑平どのとは、桑平市松《いちまつ》どののことではないか」

幹次郎が初めて口を利いた。

「ああ、そうだ、桑平市松って同心だ」

「ならば桑平どのにこちらから尋ねよう」

幹次郎が答え、仙右衛門が手拭いに両刃造りを包みながら、

「次吉さん、刀の鑑定は長年の質屋の番頭でも難しいか」

小窓の向こうの次吉に訊いた。

「昨日今日の番頭じゃございませんよ。刀だっておよその見当はつきますよ」

「ふーん」

「おや、鼻でせせら笑いなすったね、番方」

両刃造りを手拭いで包み込んだ仙右衛門が、

「邪魔をしましたな、番頭さん」

「人を小ばかにしてそのまま帰りなさるか」

「番頭さん、この両刃造り、三百年以上前の古刀だ。備前国の刀鍛冶長船辰治って名刀鍛冶の作でな、然るべき刀屋に持ち込めば三十両はしようという代物だぞうだ」

仙右衛門の言葉に次吉が口をあんぐりと開けて、しばし黙り込んでいたが、

「そ、それは、うちから盗まれたもんだ。返しておくれ」

格子にしがみつき、小窓から手を仙右衛門のほうへと突き出した。

「曰くつきの疫病神じゃなかったのかい。最前要らない、会所に持って帰れと啖《たん》呵《か》を切りなさったね」

「だって、おまえさん、その刀の価値を最初に言うがいいや」

「最前なんてった。刀だっておよその見当はつくと胸を張りなさったね」

そこへ、店の奥でやり取りを聞いていたらしい鈴木屋の主の宏右衛門が姿を見せて、

「番方、うちの番頭さんが悪い。いくらなんでも七代目の懐刀ふたりにあの口の利きようはない。悪うございました。主の私がこの通り白髪頭を下げます。その刀、お返しくださいませぬかな」

と揉み手をしながら頭を下げた。

仙右衛門は、じろりと主従《しゆじゆう》の様子を見て、

「旦那、こいつは殺しに使われた凶器だ。調べが済むまでは面番所の預かり品だ。また、こちらで盗まれた品と分かった以上、その折りの調べを担当された定町廻り同心の桑平様も関心を持たれましょうぜ。孫市殺しの下手人を捕まえ、そいつ

がどうしてこちらで盗まれた両刃造りを持っていたか、調べがつくまで南町のものですよ。会所にはなんの権限もございませんのさ」

仙右衛門が懇々《こんこん》と格子の向こうの主従に言い聞かせた。

「分かりました。下手人が捕まって調べが終わったらうちのものですね」

「理屈の上ではそうなるかな」

仙右衛門の言葉に宏右衛門が噛《か》みついた。

「理屈の上ってどういうことですね、番方」

最前までの卑屈《ひくつ》な態度を改めた宏右衛門が仙右衛門を睨んだ。

「こちらではこの長船辰治を見ず知らずの客から一朱で買い取られた」

「一朱を支払ったのです、売り手も得心した。立派な商いでございますよ」

「商いね」

「なんぞ文句がございますかな」

「こちらに売った野郎がどこぞから盗んできたものだとしたら、町奉行所がどう判断なさりますかね」

「そんなことは関わりありません。うちが客から買ったというのは紛れもない事実だ。番方、まずその刀、私に返してくだされ。明日にも奉行所に届けてうちの品を探索に役立てるという一札《いっさつ》を頂戴してきます」

と言い張った。

「旦那、藪蛇《やぶへび》だな」

「どういうことです、藪蛇とは」

仙右衛門はしばし間を取り、尋ねた。

「質商は八品商《はっぴんしょう》のひとつだったね。町奉行所の監督下にある」

「そんなことおまえさんに言われなくたって分かってます」

宏右衛門が憤然《ふんぜん》とした。

「質屋の旦那に質商の仔細の能書きを垂れようとは思いませんよ。だがね、刀脇差の扱いは質屋にとって一番面倒な品じゃねえのかえ。刀脇差諸道具諸品類は十二ケ月かぎりの事って一条があったね。その上、元帳《もとちょう》に、刀剣の縁頭《ふちがしら》、目貫《めぬき》、柄糸《つかいと》、上身《かみ》、鎺《はばき》、切羽《せっぱ》、鞘、下緒《さげお》の形状を事細かに記さねばなりますまい。おまえさんのところは質草として預かったんじゃないが、元帳に記載もしていない。にもかかわらず人ひとりを殺すのに使った道具を返せと無理難題を言いなさる。どうしても欲しいのなら町奉行所に掛け合いなされ」

仙右衛門は立て板に水が流れる調子で言い放ち、

「御免なさいよ」

と言い残すと幹次郎を先に立て、路地に出た。

高札場の前に戻ったとき、
ふうっ
と仙右衛門が大きな息を吐いた。

「番方、長い一日であったな」

「最後があれだ。縁起が悪い物を持ち込むな、なんて抜かしていたくせに、この両刃が値打ちものと知ると主従してあの態度だ。孫市が殺されたことなんて、ひとつも考えていやがらねえ」

仙右衛門が珍しく憤《いきどお》っていた。

「番方、それが世間というものだ。だがな、世間はひとつの見方だけで成り立っているものではあるまい。百人いれば百通りの見方がある。備州長船辰治を値だけで判断する者もいれば、この両刃造りの美しさに価値を見出す方もおられよう。われらは、孫市を殺した下手人探しに役立てる。その先のことは奉行所に任せようではないか」

「神守様、すまねえ。つい興奮しちまった」

「腹も空いて喉も渇《かわ》いた。お互い恋女房が待つ住まいに戻ろうではないか。相庵先生の風邪がよくなっているとよいのだがな」

「そうでした、相庵先生のことを忘れていた」

と答えた仙右衛門に、

「明日、会所に出る前に南町の桑平どのを訪ねて孫市を殺した刀が鈴木屋から盗まれたものだと話してくる。できることならば鈴木屋から盗まれた一覧《いちらん》の書付の写しを頂戴してきたい」

「南町は月番だ。桑平様も町廻りに出られます。その前に南町を訪ねるとなると、朝早く行かなきゃあなりません。牡丹屋《ぼたんや》から猪牙《ちょき》で行きなせえ。七代目にはわっしから話しておきます」

ふたりは山谷堀に架かる土橋《どばし》のところで別れた。

冬の夜空に弦月《げんげつ》が冷たく光っていた。

弦月に　手にした刀　重くなり

幹次郎は、三浦屋四郎左衛門から頂戴した相州ものの佐伯則重を手に土手八丁を今戸橋《いまどばし》へと歩き出した。

刻限は五つ半か、土手八丁を江戸から三人で交代しながら飛ばす早駕籠が走ってきたが、不意に先棒《さきぼう》の草鞋《わらじ》の紐が切れたのか、よろけた。ために駕籠が傾き、中から客が土手に転がり落ちた。

幹次郎は駕籠から土手へと落ちた人影の機敏《きびん》な動作に刮目《かつもく》した。柔《やわら》の受け身のごとく土手を、体を丸めて転がり落ち、すっくと立ち上がったのだ。

(咄嗟の行動ではないな)

と幹次郎は思った。

そのとき、男の手からなにかが河原に投げ捨てられたのを幹次郎は見た。

駕籠も土手八丁に倒れ込んだ。

「てめえら、ど素人か！」

土手下の客が駕籠舁《か》きに怒鳴った。

「すまねえ」

と駕籠舁きのひとりが詫びた。

土手を客がゆっくりと上がってきた。

地味な縞模様の着流しで懐に片手を突っ込んでいた。

「客人、怪我はないか」

後棒《あとぼう》のひとりが客の身を案じた。

「てめえら、吉原に向かおうという客に赤っ恥を掻かせておいて、その言いぐさはなんだ。遊び心も失《う》せた、おれの体面はどうしてくれるんだ」

「客人、おれがよろけたにはわけがある。足首の後ろに針で刺されたみたいな痛みを覚えてよ、よろけたんだ。ほれ見てくんな、これが刺さっていた針だ」

「なんだと、てめえのしくじりを他人のせいにしようって魂胆か、許せねえ。おれも遊び人仲間に匕首《あいくち》の新三郎《しんざぶろう》と呼ばれる男だ。この落とし前、どうつけてくれる」

ひとりの客が三人の駕籠舁きを相手に喧嘩《けんか》を売る構えだった。

この騒ぎに土手八丁を急ぎ大門へと向かう客が足を止めて見物した。

幹次郎は土手を下りると、男が転がり落ちた辺りを見回した。

月明かりと駕籠のぶら提灯の灯りで細い筒が見えた。

細いながら塗りがなされた吹き矢の筒だ。

幹次郎が土手を上がったとき、よろけた先棒に客が匕首をかざして迫っていた。

「おれの面《つら》汚し料を出しねえ。有り金そっくり三人して出しな。客を土手下に転がり落として顔に泥を塗ったんだ。それ相応のものを頂戴するぜ」

「おめえ、俺の足首に針を飛ばしたな、それで難癖《なんくせ》をつけようという魂胆か」

「居直りやがったな」

匕首を構えた男に隙はない。三人の駕籠舁きも息杖《いきづえ》を手にしていたが、喧嘩の駆け引きとコツは客のほうが慣れていた。

「待った」

幹次郎が割って入った。

「仲裁は時《とき》の氏神《うじがみ》というではないか。客人も駕籠屋も手を引かぬか」

「さんぴん、おまえも駕籠屋の仲間か」

「冗談を申すな、家に帰る途中の者だ」

「ならばさっさと家に戻りねえ」

「匕首の新三郎と言うたか。それがしは見たのだ」

「見たってなにをだ」

「早駕籠の垂れの隙間から吹き矢を放つところはさすがに見逃した。だがな、そなたが、土手下でこの吹き矢の筒を捨てたのを見た」

幹次郎は細竹の吹き矢の筒を見せた。

「さんぴん、言いがかりをつけやがって。てめえ、何者だ」

「吉原会所裏同心、神守幹次郎だ」

幹次郎の名乗りに匕首の新三郎がどきりとした顔をして罵《ののし》り声を上げ、

「くそっ！　この仇は必ず取らせてもらうぜ」

と吐き捨てると踵《きびす》を返して今戸橋のほうへと逃げ去った。

駕籠舁き三人が予想もしなかった成り行きに茫然《ぼうぜん》としていた。

「そなたら、駕籠代を取り損《そこ》ねたな。こういうツキのない日もある」

と言い残した幹次郎は、柘榴の家に向かって歩き出した。

二

翌朝、幹次郎は六つ半（午前七時）に山谷堀今戸橋際の船宿牡丹屋から政吉《まさきち》船頭の猪牙舟に乗り込み、隅田川《すみだがわ》（大川《おおかわ》）を下ることにした。

今朝も息を吐くと白くなるほど寒かった。

会所と深いつながりのある牡丹屋だ。すべてを心得ていて、舟に綿入れを積み込んでくれた。綿入れで冷たい川風を防げというのだ。

「屋根船ならば炬燵《こたつ》を入れられるんだがね、猪牙じゃ無理だ。綿入れで我慢しなせえ」

と政吉が言い、幹次郎は素直に厚意を受けることにした。

綿入れを両肩から羽織ると、体じゅうが温《ぬく》くなった。

先ほど、猪牙舟の仕度ができる間に、牡丹屋で朝風呂に入った。これにはいささか事情があった。

昨晩は柘榴の家に戻ったのが四つ前だった。仕度してあった夕餉を早々に食すると、汀女が茶を供《きょう》したが、

「按摩の孫市さんが殺されなさったそうですね」

と尋ねた汀女の声が幹次郎には遠くから聞こえた。

「そうなのだ」

と応じながら迂闊《うかつ》にも茶碗を手に居眠りをしていた。汀女がそっと茶碗を幹次郎の手から取って、

「幹どの、だいぶ疲れておられますな。話は明日伺いましょう。黒介を抱いて布団に入りなされ」

年上の女房に諭されて寝間着《ねまき》に着替えるのも早々に床に就いた。

長い一日で体も心も疲れていた。最後の最後にダメ押しのように土手八丁の騒ぎに巻き込まれた。

朝七つ半（午前五時）過ぎに目覚めたとき、夢ひとつ見ることなく眠ったことに気づかされた。だが、体の芯に重いものが残っているようですっきりとした気分ではなかった。

「幹どの、朝湯に行ってきなされ」

「姉様、南町奉行所の桑平どのを町廻り前に捉《つか》まえねばならぬのだ。仕度したら、牡丹屋に参る」

「朝餉も食されずにですか。孫市さんが殺された一件ですね」

「そうなのだ。ゆえに朝餉を食し、朝湯に浸かる余裕はない」

しばし考えていた汀女が、

「ならば牡丹屋の湯を使わせてもらいなされ」

と船宿の湯を使う考えを示した。

「その手があったな」

牡丹屋は吉原会所とは深い縁で結ばれていた。その縁がいつから始まったか、幹次郎は知らない。何代も前から牡丹屋は会所の用を務めてきていた。

汀女は着替えを風呂敷に包み、幹次郎に持たせてくれた。

「朝餉まで牡丹屋で馳走になることは厚かましゅうございますかな」

「姉様、昨夜の夕餉が未だ腹にある。朝餉を食する元気はないわ。年を取ったものだな。若いうちは一日に五度でも六度でも飯を食うことができた。だが、三十路を過ぎて、神守幹次郎、老いたりだ」

ふっふっふと笑った汀女が訊いた。

「昨夜、持ち帰られた刀をお持ちになりますか」

「なに、昨夜、あの刀の話もしてなかったか」

「幹どのは半分眠りながら箸を動かしておいででした」

「長い一日であったからな」

と答えた幹次郎は、鎌倉に七代目に同行して四郎兵衛と吉原の危機を救った褒美に三浦屋四郎左衛門から頂戴した刀だと告げた。

「七代目のお命を守るのは幹どのの務め」

汀女が訝しげな顔をした。たしかに四郎兵衛の命を助けたとは聞いていたが、三浦屋四郎左衛門が幹次郎に褒美をくれることが奇妙と思えたのだ。

汀女は仙右衛門が感じたと同じ疑念を抱いたようだ。だが、『吉原五箇条遺文』

が鎌倉の建長寺に存在することは吉原の存続に関わる極秘事項だった。汀女にも仙右衛門にも話せないのが幹次郎には心苦しかった。

「そういうことだ」

「どうやら四郎兵衛様が鎌倉に参られたには吉原に纏《まつ》わる曰くがあるようですね。そのことを承知なのはおふたりの他に三浦屋の旦那様」

「ということにしておこうか。そんなわけで相州五郎正宗の高弟十哲のひとり佐伯則重が鍛えた業物を頂戴した。なかなかの逸品じゃが、孫市の一件が解決するまでとくと見ることはあるまい」

と言い残して柘榴の家を出てきたのだ。

「按摩の孫市が殺されたってね」

政吉が幹次郎に話しかけた。

幹次郎は前を向いた姿勢から政吉へと向き直り、

「そなた、孫市と知り合いかな」

「知り合いね、どの程度の付き合いを知り合いというか知らないが、ひと月に一度、だれぞの命日の墓参りに行く折りに指名がかかったからね。月に一度は顔を合わせたよ。ただしだ、行きだけで帰りは土地《ところ》の船宿の舟で戻ってきた。それだけの付き合いだ」

と政吉が答えた。

「そうか、深川の弥勒寺に送っていったのは政吉父つぁんであったか」

「なにっ、孫市は弥勒寺に墓参りだったか。いつも二ッ目之橋《ふたつめのはし》で引き返したから
ね、その先、どこの寺を訪ねたか知らないんだ。そうか、弥勒寺かえ」

政吉は寺の名を二度繰り返した。なぜ秘密にしなきゃあならなかったんだとい
う顔つきだった。

「そんな関わりがどれほど続いておったな」

「十年、いや、十三、四年は続いていたろうな。孫市が吉原に住んで二十数年、
吉原で暮らしが立つと自信を得たころ、墓参りを思い立ったんじゃないか」

政吉はそう推量した。

「そのような話は猪牙の中で一切なしか」

「あまり自分から喋るほうではなかったからな」

幹次郎はしばしば沈思して尋ねた。

「月命日というが、日にちはいつだな」

「たしか七日だったと思う。前の晩に知らせが入って朝の四つ（午前十時）時分

に孫市が船着場で待っているんだ。船宿を通らずにね」

「孫市は人見知りをするほうであったか」

「客の前では知らないが、牡丹屋ではわし以外との付き合いはなかったね」

政吉の猪牙舟は流れに乗って両国橋《りょうごくばし》へと近づいていた。

「弥勒寺にはだれが眠っているんだね、神守様」

「孫市の母御の和歌という女性《にょしょう》だそうだ。昨日、七代目が惣録屋敷を訪ねて訊いてきた」

「そうだったのか。おっ母《か》さんか。ならば隠すこともない、言うがいいじゃないか。孫市は水臭いな」

政吉が呟いた。

十数年、月命日に送っていった船頭に隠す話でもないだろうと政吉の顔に書いてあった。

「帰りは深川の船宿の猪牙に乗ってきたと言うたな」

「ああ、竪川松井橋《まついばし》際の船宿川春《かわはる》の猪牙舟だね、船頭は顔が変わることもあったが、大体五郎八《ごろはち》さんだったよ。わしと違い、五郎八さんは孫市と同じ年恰好だ、墓参りの帰りになんぞ喋ったかもしれないな」

政吉が言った。

「今日の探索で進展がなければ、川春の五郎八さんを訪ねてみよう」

猪牙舟は両国橋を潜り、新大橋《しんおおはし》へと向かっていた。

「いつも七日の朝四つの頃合に今戸橋を出て、帰りはいつだろうか」

「それがね、意外と遅くてね。七つ半（午後五時）のときもあれば、六つ（午後六時）過ぎのこともあったな。五郎八さんは必ず孫市を今戸橋まで送ってよ、見送ったあと、うちに挨拶していったからね。だから、帰りの刻限のおよその見当は知っているんだ」

「墓参りにしては時を要するな」

「どこか立ち寄る場所があったかね。孫市も男だぜ。吉原の住人じゃあ、廓内で遊べめえ。深川辺りの女郎屋に馴染がいたんじゃないかね」

政吉の推量だったが、幹次郎は墓参りにはもうひとつ隠された謎があるように思えた。それが隠れ遊びとは思えなかった。

政吉の猪牙舟が数寄屋橋《すきやばし》に着いたとき、すでに南町奉行所の前にはかなりの人数の黒羽織を着た町役人風の者たちがいた。公事《くじ》や裁きの関わりの者だろう。

綿入れを脱いだ幹次郎がふと数寄屋橋を見上げると、着流しに三ツ紋付《みつもん》の黒羽織を巻羽織にした定町廻り同心が、紺染半纏《こんぞめはんてん》に梵天帯《ぼんてん》、股引《ももひき》と草履《ぞうり》掛けの腰に真鍮《しんちゅう》金具の木刀を差した小者ひとりを従え、小気味よい歩き方で町屋に向かおうとしていた。

「桑平どの」

と幹次郎は、橋上の桑平市松に呼びかけた。

水上からの声に欄干から覗き下ろした桑平が、

「おや、吉原会所の裏同心どのがかような刻限から南町奉行所に参られるとは、なんですね」

「よかった。ひと足違いで桑平どのを逃すところであった」

と答えた幹次郎は折りよく猪牙舟が寄せた船着場に跳んで、河岸道《かしみち》へと石段を上がった。

「吉原の住人、按摩の孫市が殺されたって聞いたが、その一件ですか」

「いかにもさようです。桑平どのの知恵と力をお借りしたい」

「立ち話もできませんな。役所だとあれこれとうるさく言うやつもいる」

と桑平が迷う風情を見せた。

「猪牙ではどうです。水上のほうが風は当たりません」

幹次郎の言葉に頷いた桑平が、小者にその場で待つように命じた。

ふたりは政吉船頭の猪牙に乗り込んだ。

政吉は数寄屋橋下に猪牙舟を移して舫《もや》いを打った。橋上からふたりが見えないように配慮したのだ。そして、自分は舟を下りて河岸道に上がった。定町廻り同心と吉原会所の裏同心の話だ。同席していては差し障りがあると考えたのだ。その辺は牡丹屋の老練な船頭だけに、心得たものだ。

幹次郎は、昨日の夜明けに蜘蛛道の奥で発見された按摩の孫市の殺された状況から孫市の暮らしぶり、それに加えて凶器が天女池から発見されたこと、さらにはその凶器が両刃造りの備前国住人長船辰治の作刀であること、最後に、この両刃造りの長船が半年ほど前に五十間道裏の質商鈴木屋宏右衛門方から盗まれた品であることを桑平に告げた。

だが、四郎兵衛が惣録屋敷から聞いてきた孫市の出自や、月に一度墓参りをしていたことは告げなかった。孫市の出自が殺しに関わるとは思えなかったからだ。

「なんと、按摩を殺した凶器が鈴木屋から盗まれた品だとはね。だが、半年前にそれがしが取り調べた折りには、鈴木屋の番頭め、異国製の鈍刀《なまくら》の短刀で刀ともいえない代物だと抜かしやがった。ともかく致し方なく買ったものだというからそう受け止めていましたがね。三百年以上も前の古刀の逸品でしたか」

驚きの表情を桑平が見せた。

「それで神守どの、本日の用事はなんですね」

「鈴木屋では、盗まれた品の書付は南町奉行所に提出してあるゆえ、こちらで訊けと言いますから、こうしてお邪魔したわけです。五十間道裏は会所の縄張り内ですが、こうした騒ぎに会所の実権が及ぶわけではございません。ゆえに桑平どののお力を借りに参りました」

「鈴木屋で盗まれた品書きですな」

桑平は河岸道で待つ小者を呼ぶとなにごとか耳打ちして奉行所に戻らせ、

「半年前に五十間道裏の質屋で盗まれた両刃造りが按摩殺しに使われたということは、どう考えればよいのかな」

と幹次郎を見た。

「面番所の村崎同心は、孫市が常に貯め込んだ金子を懐に持っていることを知った吉原の客が襲い、金子を奪ったという見立てです」

ちぇっ、と桑平が舌打ちした。

「また、下手人はすでに大門外に逃げておると推察しておられます」

「吉原会所に骨抜きにされたあやつの考えそうなことだ。大門から五十間（約九十一メートル）と離れてない質屋の盗難品の両刃造りが凶器に使われたことといい、五丁町裏の天女池とか呼ばれる池のほとりで襲われたことといい、池に血に塗れた刃を投げ込んだことといい、吉原に関わりがあるやつの仕業ですぞ」

「私どももその線で動いております」

「話を聞いたら、備州長船辰治が鍛えた両刃造りを見たくなった」

と桑平が言い出した。

「面番所から会所が探索に必要だと借り受けてございます。いつなりともお出でくだされ」

「ならば本日の町廻りのついでに立ち寄ろう。吉原の大門を潜るのは、八つ（午後二時）か八つ半（午後三時）の刻限だな」

「お待ちします」

と答えた幹次郎は、懐から昨夜偶然手にした、竹に塗りの施された吹き矢の筒と針を桑平に差し出し、その経緯を告げた。

桑平市松が幹次郎の顔を凝視した。

「奉行所の同心はね、ふたつに分かれますのさ。生涯、殺しや盗みにぶち当たらない同心と、騒ぎが向こうから寄ってくる同心だ。並の者なら騒ぎに巻き込まれないほうがいいに決まっている。だがね、悪党を捕まえるのが務めのわれらは、悪人の臭いを嗅ぎ分ける勘も嗅覚《きゅうかく》も要る。その才があるからこそ、騒ぎの現場にぶつかるのだ。神守幹次郎どのもさ、そんな才覚があるからこそ勘が働くのさ。吉原会所は安い買い物をしたね。家一軒なんぞ、会所にとって安い費えですぜ」

と伝法《でんぽう》な口調で言った。

桑平市松は、すでに幹次郎と汀女が浅草田町一丁目の寺町の柘榴の家に移り住んだことを承知していた。

幹次郎は桑平の言葉を黙って受け止めた。

「匕首の新三郎ね。あやつ、このところ立て続けに駕籠や猪牙舟に乗り込んで吹き矢を使い、駕籠舁きや船頭にしくじりをさせて、金を巻き上げるってことを繰り返してやがった。だが、どういうわけだか、こちらはその吹き矢が見つからなかったのだ。それを見つけてくれたのか。よし、なんとしても今度ばかりはあやつをお縄にしてみせますよ」

と桑平同心が張り切った。その上で、

「匕首の新三郎は、小伝馬町の常連ですがね、これまで精々百敲《ひやくたた》き程度の仕置《しおき》で済んでやがる。この吹き矢の筒と針、それがしがもらってよいのですな」

「むろんです。われらは孫市殺しで手一杯です」

「神守どのの腕と鋭《するど》い頭を使えば、ふたつや三つの騒ぎはたちまち片づけられましょうぜ」

と笑った桑平が、

「こんな道具が手に入ったんです、もう百敲きでは済まされまい」

と言い切った。

そこへ最前の小者が戻ってきて書付を差し出した。それを桑平が点検し、

「見習い同心め、ようやく奉行所に慣れたかね、仕事にそつがなくなった」

と呟いて幹次郎に差し出した。

「鈴木屋は、香炉がいちばん値の張るものだと言い張っておったが、備州長船辰治ね、こいつの出所を探ればひょっとしたら、もうひとつ騒ぎが見つけられそうだ。そうは思いませんかえ、神守どの」

「正直なところ、孫市殺しに解決がついても鈴木屋に戻したくないのがそれがしの本音《ほんね》でござる。物の価値が分かった持ち主の手に戻すのがいちばんよいことと

思いますがね」

幹次郎の素直な考えに桑平が首肯し、

「これまで両刃造りの備州長船辰治が鈴木屋に来るより前に盗まれたという届けがあるかなしか。奉行所の例繰方《れいくりかた》に当たらせます」

幹次郎が初めて聞く役職だった。

「この珍しい役職名は、過去の騒ぎの記録方でございましてな、既決の犯罪、未決の犯罪を管理しているところです」

と桑平が幹次郎に応じて猪牙舟を下り、小者を従えて町廻りに向かった。

それを見ていた政吉が持ち舟に戻ってきて、

「神守様、用事は済んだかね」

「こちらでは済んだ。だが、もう一軒、馬喰町《ばくろちょう》の煮売り酒場に立ち寄ってくれないか。身代《みが》わりの左吉《さきち》さんに会っていきたいのだ」

「あいよ。となると御堀を戻り、龍閑橋《りゅうかんばし》から龍閑川に入って、馬喰町近くに泊めようか」

と政吉が頭の中で猪牙舟を進める水路を思い描き、舳先《へさき》を巡らせた。

神守幹次郎が吉原の大門を潜ったのは昼過ぎの九つ半（午後一時）時分だった。

「おや、裏同心どの、遅い出勤ではないか」

面番所の村崎季光が幹次郎を訝しい顔で見た。

「昨夜、家に戻ったのが遅い刻限でございましてな、つい寝過ごしてしまいました。いや、近ごろ、つくづく歳を感じます」

「それで寝坊したか、いささか気が緩んでおらぬか。吉原の住人の按摩が殺されたというのに未だ下手人の見当もつけられぬか。わしの昨日の忠言を聞き忘れたということはあるまいな」

「下手人は吉原の客であり、孫市の金を奪ってすでに大門の外に逃げたというお言葉でございましたな」

「おお、覚えておったか」

「となると、どこをどう探したらいいものやら」

「なに、そのようなことも分からぬか」

「村崎どの、ご教示願いたい」

「自分で考えよ」

と言い残した村崎が面番所に姿を消した。

三

会所では昼餉が終わり、広土間の火鉢の周りで長吉らが談笑していた。そろそろ昼見世が始まる刻限、会所にものんびりとした空気が漂っていた。

幹次郎が敷居を跨ぎ、後ろ手で障子戸を閉めると長吉が、

「日一日と村崎同心の扱いが上手になってきますな」

と幹次郎の顔を見て笑いかけた。

「小頭、扱いなどと面番所の本物の同心どのに恐れ多いことにござる。それがし、誠心誠意、村崎どののご教示を守ろうとしているだけにござる」

と応じた幹次郎がにやりと笑い、奥座敷に通った。

「ご苦労にございました」

四郎兵衛が茶碗を片手に茶を喫していたが、幹次郎の遅い出勤を労った。

朝駆けで南町奉行所に定町廻り同心の桑平市松を訪ねたことを番方の仙右衛門から聞き知っているのだろう。その番方も幹次郎を、

(なんぞ収穫はありましたか)

という表情で迎え、いつも座敷に仕度してある茶道具を使い、幹次郎のために茶を淹《い》れ始めた。

幹次郎は、町廻りに出かける桑平同心を数寄屋橋で見かけたこととその後のやり取りをふたりに告げた。そして、桑平が取り寄せてくれた質商鈴木屋宏右衛門方から盗まれた品々の書付をふたりに見せた。

「素早い対応にございますな、南町の同心どの」

仙右衛門が感心し、一方、四郎兵衛は書付に目を落としながら、

「桑平様が奉行所の記録を調べ直すと言うてくれましたか。なんぞ手がかりが見つかるとよいのですがな」

と応じた。そして書付の品をざっと読み上げ、

「香炉に江戸小紋の女もの小袖が二枚、帯に襦袢《じゅばん》、すべて古着なり、か。どうやら異国製の短刀と届けられたものが備前長船辰治の両刃造りのようですね」

と呟いた。

「弔いの留守に蔵に入れずに店に置きっ放しにしていたのは、鈴木屋では大したものとは思ってなかったからだな。奉行所の帳面から両刃造りの出所が分かるといいのですがな」

仙右衛門が願い、

「それにしても南町奉行所定町廻り同心の桑平様と神守様は息がぴたりと合うようだ。頭の巡りがいいところが似ているからですかね」

と言い添えた。

「桑平どのの人柄、人徳に負うところが大きい。もっとも今朝方、ささやかな手土産を持参しましたでな。ご機嫌はいつも以上に麗《うるわ》しかったですぞ、番方」

「手土産を買っていかれましたか」

「いえ、昨晩、山谷堀の河原で拾ったものですよ」

と前置きした幹次郎は、匕首の新三郎と駕籠屋の騒ぎを語った。

「呆《あき》れた。わっしと別れてからまたひと仕事しなさったか。神守幹次郎ってお人には、向こうから騒ぎが寄ってくるのかね」

「桑平どのも番方と同じようなことを述べておりました」

と幹次郎が答え、仙右衛門の淹れてくれた茶を喫した。空腹と喉の渇きに本日初めて口にする茶がなんとも甘く感じられた。

「早駕籠の中から駕籠屋の先棒の足首に吹き矢を打ち込むなんて技を持った野郎が土手八丁に出没し始めましたか。番方、こりゃ、うちでも警戒が要りますぞ。

小頭に伝えて若い衆に周知しておいてくだされ」

四郎兵衛が仙右衛門に命じて、番方が立ち上がり、表に集う長吉らに告げに行った。その背を見送った四郎兵衛が、

「南町で桑平様に会っただけにしては、いささか刻がかかり過ぎておりますような」

幹次郎を、未だ報告があるのではないかという表情で見た。

「七代目の目はごまかせませぬな。帰りにふたつばかり寄り道しました。ひとつ目は、馬喰町の虎次《とらじ》親方の煮売り酒場に身代わりの左吉さんを訪ね、按摩殺しの一件を話して、知恵を借りようとしました。ですが、左吉さんはまたお勤めの最中だそうで、文を煮売り酒場に預けてきました」

と答えたところに仙右衛門が戻ってきて最前の話を聞いていたようで問うた。

「身代わり稼業、なかなかの繁盛ですな。もうひとつはどこですね」

「行きの猪牙舟で牡丹屋の政吉さんに聞かされた話から深川に行きましたので」

「深川ですか、政吉がなにか承知していましたか」

「七代目、孫市の月一度の墓参りの船頭を政吉父つぁんが務めていたのでございます」

「そうでしたか、孫市は墓参りに徒歩《かち》で行っていたとばかり、迂闊にも早とちりしておりましたよ。考えてみれば目が見えないんです。川向こうの深川に橋を渡っていくのは大仕事でしょう。そうか、弥勒寺には政吉の猪牙舟で通っておりましたか」

「牡丹屋が会所とのつながりが深いことを承知してのことか、あるいは生来無口のせいか、舟中、孫市は政吉父つぁんと四方山話をすることは滅多になかったそうです。また政吉父つぁんは、孫市が月に一度どこへ行くのかも聞かされていませんでした。いつも竪川の二ッ目之橋際で下ろして、片道で舟を帰されたそうです」

「帰りは歩きですかえ」

「番方、それが違うのだ。帰りは深川の別の船宿に願っていたんだ」

「ほほう、孫市め、用心深いな」

と四郎兵衛が呟いた。

「帰りの船頭五郎八のことは政吉どのがご存じでした。深川の船宿川春の五郎八船頭が孫市を今戸橋まで送ったあと、同業の牡丹屋に挨拶していくことを孫市は知らなかったようです」

「川春の五郎八って船頭に会われましたか」

四郎兵衛が幹次郎に念を押した。

「いえ」

「手がかりはなしか」

仙右衛門も身を乗り出した。

「なかなかこちらの都合よく事は進みません。五郎八は貸し切りの客の指名で夕方まで船宿には戻ってきませんので」

幹次郎が答えたとき、腹がぐうっと鳴った。

「おや、昼餉を食べる暇もございませんでしたか」

「七代目に悟られましたか。朝餉も抜いたのでいささか腹が減っております」

と答えた幹次郎は、船宿川春の主らに聞いた話をした。

「孫市が川春に姿を見せるのは、いつも八つ半から七つ（午後四時）時分だったそうな」

「弥勒寺で墓参りをなしたところで、さほど手間はかかりますまい。弥勒寺のあと、船宿川春に姿を見せる孫市は、どこぞに別の訪ねる場所を持っていたってわけですか」

「惣録屋敷ってことはございませんか」

仙右衛門が四郎兵衛に質した。

「孫市は、無官のままに吉原へと追い出されたことで惣録屋敷を恨んでおったらしく、正月の挨拶にも惣録屋敷に顔を出すことはなかったそうな。よんどころないことで姿を見せたとしても直ぐにいなくなったとか。孫市にとって、惣録屋敷はそう居心地のいい場ではなかったようです」

四郎兵衛の言葉を頷いて聞いた幹次郎は、

「川春の主は、女と時を過ごしていたとは思えなかったと言っていました。いつも五間堀《ごけんぼり》の方角から松井橋の川春に姿を見せるそうです。いつだか五郎八が孫市に、迎えに行ってもいいよと言ったら、どこと決まった家じゃないからと断わったとか」

「五間堀界隈に揉み療治の客がいますかねえ」

「番方、吉原の按摩が惣録屋敷の近くで揉み療治をするわけもありますまい。五間堀近くに孫市が時を過ごす隠れ家がございますな」

四郎兵衛が推理した。

「女を囲っていた風はないという船宿の主の勘は当たっていましょう」

仙右衛門も四郎兵衛の言葉を受けて言った。

「船宿の主は月に一度の客にしろ、馴染の暮らしぶりや動静には詳しいものです。なんぞ他に言っておりませんでしたか、神守様」

「番方、主はね、孫市が気晴らしをしていたのではないかと言うておりました」

「気晴らしですか、目の見えない者にも気晴らしはあれこれございましょう。三味線《しゃみせん》を弾くとか小唄《こうた》を習うとか」

「七代目、孫市がそんな小粋《こいき》な芸事に嵌まる者とも思えませんや。博奕《ばくち》か、酒ではございませんか」

「主は、孫市の様子では賭場《とば》帰りの興奮も酒を呑んだ風もないと言うておりました」

四郎兵衛と仙右衛門の問いに幹次郎が応じた。

「そいつはお手上げだ」

四郎兵衛が言った。

「七代目、孫市が惣録屋敷にいたのは十五、六まででしたか。その折り、惣録屋敷の近くに孫市を可愛がってくれた者がいたとしたらどうです」

「神守様、それは考えられる。だがよ、こたびの殺しに関わりがあるかね」

仙右衛門が首を捻った。

「番方、もし孫市が貯め込んだ金子をその者のところに預けていたとしたら、どうなるかな」

ううーん、と仙右衛門が唸《うな》り、

「あり得るな」

と言い足した。

「神守様、まずは腹ごしらえをしなされ。その上で面倒でももう一度深川に渡り、その辺りを調べてごらんになりませんか」

「わっしも同行しよう」

仙右衛門が直ぐに名乗りを上げた。

「相庵先生の風邪はどうだ、番方」

四郎兵衛が訊いた。

「熱はひきました。ですが、食欲もなく気力も萎《な》えているようです」

仙右衛門は不安げな顔をして答えた。

「診療所はしばらく休診か」

「七代目、お芳が相庵先生の昔の弟子で浅草元鳥越《もととりごえ》に開業している宇佐美秀覚《うさみしゅうかく》先生に願い、一番弟子を本日から相庵先生の診療所に詰めるよう手配しました。と同時に相庵先生の療治もしてくれるそうです」

仙右衛門が四郎兵衛も幹次郎も知らぬ医者の話を告げた。

「それは安心だが、相庵先生の容態《ようだい》が気になる。番方は吉原に残っていなされ。神守様には若手をふたりばかりつけよう。金次と哲二《てつじ》を連れていき、探索のやり方を教えてやってくだされ」

四郎兵衛が指図した。

「探索のやり方など心得ておりませんぞ、七代目」

「いえね、金次はこのところ神守様といっしょに動くことが多うございました。そのお蔭《かげ》でなんとか一人前の若い衆に仕上がりました。だが、哲二はまだ半人前の使い走りのままだ。三浦屋の若い衆だった兄貴光吉《こうきち》が死んだあと会所に入って半年にもなるというのに、いささかぼうっとしたままです。廓の外の厳しい風にも当ててくださいましな」

と願われた幹次郎は頷く他ない。

「それがしも相庵先生の容態が気がかりじゃ。ときに診療所に戻り、お芳さんの力になって、先生を見ていてくれぬか」

幹次郎も番方に願った。

半刻後、幹次郎は金次と哲二を連れて、ふたたび牡丹屋を訪ねた。

だが、老練な船頭の政吉は仕事に出ており、牡丹屋でも中堅《ちゅうけん》の元次《もとじ》が政吉の代わりに立つことになった。

「深川の船宿川春の船着場に着けてくれぬか」

「へえ、五郎八さんに用事があるとか。政吉父つぁんから伺ってますぜ」

「そうなのだ。だが、五郎八さんは夕刻にならねば戻らぬそうな。それまでにな、われらは別の御用を済ます」

と幹次郎が説明した。

「へえ、承知しました」

と受けた元次が、

「按摩の孫市さんが殺されたそうで」

「そなた、承知か」

「いえ、孫市さんの掛《かかり》は父つぁんでしたからね。わっしはなにも」

幹次郎と元次が話すのに金次は耳を傾けていた。だが、哲二のほうは猪牙舟の縁《へり》から半身を乗り出して、きらきらと冬の日差しに光る川面を所在なげに眺めていた。

兄の光吉が三浦屋の御用の最中に殺され、哲二が会所勤めを始めてから時が過ぎた。だが、七代目が『まだ半人前の使い走りのままだ』と言ったのも、この様子を見ていれば得心できた。

「神守様、別の御用とはなんなので」

と金次が尋ねた。

そこで、孫市が月に一度墓参りしていた弥勒寺には孫市の実母の和歌が眠っていること、そして、その墓参りのあと、いつも一刻から一刻半ほど孫市はどこかを訪ねたが、行き先が摑めないことを金次に話した。

話が始まっても哲二は、水面を見つめたままだ。

金次が哲二の後頭部をぴしゃりと叩き、

「哲二、遊びに来たんじゃねえ」

と怒鳴った。

「へーい」

と返事をした哲二だが、格別に気を引き締めたとかしくじったと慌てたとか、顔にそんな表情は全くない。なんとなく呑気《のんき》な面のままだ。

「哲二、吉原の住人が殺されたんだ。われら会所の者は、花魁であれ按摩であれ、住人の命を守る役目を負わされておる」

「へい」

「死んだ者は生き返らぬ。だが、殺されっ放しではわれらの面目に関わる。同じような騒ぎが起こらぬためにも一日も一刻も早く下手人を捕まえる要がある。ためにわれらは猪牙舟に乗っておる。大門の外に出ても御用ということを忘れてはならぬ」

「へい」

幹次郎も言い聞かせてみたが、さほど哲二に応えた風はない。手応えがないというか、叱り甲斐がないのだ。

「神守様、するってえと弥勒寺の墓参りのあと、孫市が立ち寄った先を突き止めるのがわっしらの仕事ですか」

と金次が訊いた。

「そういうことだ。これまでの話から孫市が賭場に通っていたとか、女を囲っていたとか、酒を呑んでいたとかはどうも違うようで、なんの当たりもない」

「あいつ、金を貯めることだけが道楽だったもんな」

ぽつんと哲二が漏らした。

「そなた、孫市を承知か」

「時々よ、夏なんぞ天女池のほとりで夕涼みをしていることがあったからな、何度かぽつんぽつんと話をしたことがあったぜ、神守様」

「なんと哲二と孫市が話し仲間か」

金次が驚きの言葉を漏らした。

幹次郎は、四郎兵衛がこのことを承知で本日同行を求めたのかと思った。だが、四郎兵衛とてふたりが知り合いだったとは承知していまいと思い直した。

「孫市は金に執着しておったか」

「しゅうちゃくってなんだ」

「金を貯めることにだれよりも拘《こだわ》ったか」

「そうだな、孫市はよ、金子を貯めたら吉原を出てよ、子ども相手の雑菓子屋《ぞうがしや》なんぞをやりたいと言っていたな」

「子ども相手の雑菓子屋だと。それでは食うに困ろう。子どもが親からもらう小《こ》遣《づか》い銭なんて一文二文であろうからな」

「だから吉原にいるうちに金を貯めるんだとよ。そして、小体《こてい》な家を買って雑菓子屋を始めるんだと。儲《もう》けなくてもいいんだとも言っていたな。生きていければいいんだそうだ」

「そなた、孫市が親の声を知らぬことを知っていたか」

「ああ、知っていた。親父は勾当とかいうえらい身分だと。おっ母さんも身分の高い家の娘だと、言っていたぜ」

「そうか、孫市は自らの生まれを承知していたか」

ああ、と哲二がはっきりと答えた。

「孫市に信頼する人がいたかどうか、哲二に話したことはないか」

「おれには月命日に墓参りに行くことだって喋らなかったあいつだぜ。信頼する人がいたかどうか知らないよ」

哲二はどこか拗《す》ねた口調で言い、それでも幹次郎に質した。

「神守様は、墓参りのあとに訪ねていた先が孫市を殺した下手人と関わりがありそうと考えるのか」

「とは思えぬ。だが、遠回りと思えても孫市の身辺を探ることが下手人を突き止める早道の気がしてな」

猪牙舟の舳先に腰を下ろした哲二は、大川の水面を見つめながら幹次郎の返答の意味を長いこと考えていた。

「当たっているかもしれないな」

と呟いた哲二は、

「孫市の懐からも家からも貯め込んだ金子は見つからなかった。そういうことだな、神守様」

「そなたらも承知であろう。下手人が残したものは両刃造りだけだ」

実際にはもうひとつ、鬢付け油の香りを孫市殺しの現場に残していた。

「下手人が孫市の貯めた金子を奪い取ったということはないな」

哲二が幹次郎に念を押した。

「ああ、どうもないようだな」

「哲二、何度念押しするんだよ。そう神守様は答えていなさるじゃないか」

金次が苛立《いらだ》った口調で哲二に言ったが、哲二はそのことを気にする風もなく、

「神守様、おれが墓参りのあと、孫市がいた場所を探し出すぜ。そこに孫市の貯めた金子がある。孫市の夢を叶えてあげたいもんな」

と呟いた。

四

東から西へと流れる竪川に流れ込む運河があった。大川に一番近く、小名木川《おなぎがわ》と竪川を結ぶ六間堀《ろっけんぼり》であった。その名の通り堀幅六間（約十一メートル）、長さは四百九十八間（約九百六メートル）余だ。この六間堀の途中に分流として五間堀がある。

六間堀の北口に松井橋があった。

船頭の元次は、松井橋際にあるただひとつの船宿川春に猪牙舟を着け、川春にしばし舟を舫わせてくれと願いに行った。

その間、幹次郎らは猪牙舟で船頭の帰りを待っていたが、哲二が、

「神守様よ、おれひとりでよ、この界隈の孫市が出入りしていた場所を探すってのはだめか」

と言い出した。

「なに、おまえは神守様のお指図に従えないというのか」

「金次兄い、そうじゃねえよ。おれ、孫市の気持ちになってよ、この界隈を歩き

回りたいのさ。するとよ、なんとなく死んだ孫市がおれをその場所に導いてくれそうな気がするんだ」

　幹次郎の顔を見た。

「孫市と親しく話をしたのは、会所の中ではそなたひとりらしい。いいだろう、ひとりで訊き込みをしてみよ。孫市は、目が見えぬゆえに杖にすがって歩いていたんだ。孫市が月に一度立ち寄っていた場所がそう遠くにあるとも思えない」

　幹次郎の言葉に哲二が大きく頷いた。

「神守様、となればおれもさ、哲二とは別にこの界隈をひとりで訊き込みに回ってはだめかね。哲二が訊き込みをひとりでするというならば、おれも哲二と競い合って孫市に関わりがある裏長屋なんぞを探し出してみようじゃないか」

　と金次も言い出した。哲二の提案に吉原会所の先輩格の金次の対抗心に火がついたらしい。

　そこへ船頭の元次が戻ってきて幹次郎に頷き、川春の許しが出たことを告げた。そして、三人の話に耳を傾けた。

「よかろう。三人が思い思いの考えで孫市の隠れ家を探し出そうではないか。冬の日暮れは間近い。探索に使えるのは、精々一刻半の勝負だ。半刻ごとにこの猪牙に立ち寄り、船頭の元次に探索の結果を知らせていく。もし最初に突き止めた者がいたら、残りのふたりの帰りを猪牙舟で待つんだ」

「承知しましたぜ」

金次が応じたときには、哲二は無言で猪牙舟を下りて松井橋を渡り、六間堀の東の河岸道を歩き出していた。

「あの野郎、なんぞ孫市から聞いていたことがあるんじゃないですかね。探索で抜け駆けしようなんてふてえ野郎だ」

「それならそうと言ったであろう。なにもわれらは競い合いをするわけではない。孫市がこの世に残した痕跡にだれかひとりでも辿り着けば、探索が進展するのだ。そう思わぬか、金次」

幹次郎の諭す言葉に金次が「へえ」と頷いた。だが、

「よし、競い合いじゃないが、哲二なんぞに負けて堪《たま》るか」

金次は幹次郎の諭しに得心したわけではないようだったが、猪牙舟から六間堀の西側の河岸道に跳び上がって姿を消した。

「神守の旦那よ、若いふたり、えらく張り切ったね。神守様は差しづめ鵜匠《うしょう》って役目か。鵜の金次と哲二のふたりを競い合わせる算段かな」

と元次が幹次郎に質し、

「そうではない」

と答えた幹次郎は、哲二の考えでひとりずつばらばらに探索することになった経緯を告げた。

「ふーん、哲二め、なんぞ考えがあるのかね」

首を捻った元次船頭に、

「元次、なにも猪牙舟で寒さに震えながら待つこともなかろう。川春にいて火の傍で待っておれ。ただし、われらが戻ってくるのは見逃さないでもらいたい」

と言い残した幹次郎も河岸道に上がり、船宿川春の暖簾を分けた。

「いらっしゃい」

女将らしい女が幹次郎を客と思ったか、艶《つや》のある声で迎えた。

「女将、こたびは厄介になる。それがし、吉原会所で禄《ろく》を食《は》む神守幹次郎と申す者にござる。最前は主どのに世話になった」

と挨拶した。

「あら、お客さんじゃないの、会所の凄腕《すごうで》のお侍さんだったか。話には聞いていたけど、もっと年上の人と思ったわ。私、秋世《あきよ》」

深川の船宿の女将らしく、歯切れのいい口調で未だ若い女将が応じた。

先に川春を幹次郎が訪れたとき、女将は留守であった。ゆえに幹次郎は川春の女将とは初対面であった。

「いや、それがし、そう若くもない」

「恋女房とおふたり、吉原会所で御用を務めているんでしょ。活躍ぶりは噂に聞いたし、読売《よみうり》でも読んだことがある」

「噂や読売が当てになるものか」

幹次郎の言葉に頷いた秋世が、

「孫市さんが殺されたんですってね、驚いたわ」

「女将、ひと月に一度、孫市が弥勒寺に墓参りに行っていたことは分かっておる。その帰りにこちらの舟に世話になって山谷堀まで戻っていたことも昼前、こちらの船頭さんに聞いたゆえ分かっておる。ただひとつ不分明《ふぶんみよう》なことがある」

「なによ、不分明なことって」

「墓参りする日、孫市はおよそ一刻から一刻半をこの界隈で過ごしていたことになる。こちらに顔を出すのが八つ半か七つ時分であったのだろう」

「そうね、まずその辺りね」

「となれば、墓参りのあとに孫市がどこぞに立ち寄っていた場所があるはずだ。その推察はつかぬか」

「五郎八が戻ればさ、ひょっとしたら承知かもしれないけど、鐘ケ淵《かねがふち》までお客の注文で遠出しているのよ」

「それはこちらの他の船頭さんに聞いたゆえ承知だ。女将は孫市のことをなにも知らぬか」

「私、河岸道から船着場に来る按摩さんの姿を見かけたことはある。でも、話をしたこともないの。あの按摩さん、人嫌いだったんじゃないかな」

「口下手であったことはたしかであろう。この孫市、十五、六のときまで惣録屋敷で育っておる」

「あら、土地っ子なの、知らなかった」

「ゆえにこの界隈は馴染の土地柄であったはずだ。女将、若き日の孫市に親しくしていた者がいたかいないか、承知ではないかな」

「死んだ私のおっ母さんならばお節介《せっかい》焼きだったから知っていたかもしれませんけどね、おっ母さんが亡くなったあと、女将の役を継いだのが五、六年前のことなの。孫市さんが惣録屋敷と関わりがあったなんて知らなかったわ。孫市さんはいつまでこの界隈にいたの」

「惣録屋敷から吉原に住み替えたのが二十年以上も前らしい」

「そりゃ、私が知るわけもないわね、私が六、七歳のときにこの界隈を去っているもの。それでも、孫市さんとは何年か、同じ竪川や六間堀の水辺の匂いを嗅いだってわけね」

と答えた秋世が、二十年前の惣録屋敷かと呟き、思案していたが、

「ひょっとしたらの話でもいいの」

「かまわぬ、どのような不確かな話でも有難い。なにしろなんの手がかりもないのだ」

「竪川と横川が交わるところに三つ橋が架かっているのを承知かしら」

「吉原暮らしでもその程度のことは知っておる。たしか竪川に架かるのが新辻橋《しんつじばし》で、横川の南北に架かる二本の橋が南辻橋と北辻橋であったな」

「よく承知ね。どうせ架けるならば竪川の西側にもうひとつ橋を架けて四本にすれば便利なのにね、どういうわけか三つだけ」

と言った秋世は、

「竪川の向こうに、本所花町《はなまち》って小粋な町がある。竪川沿《ぞ》いの町並みよ。三ッ目《みつめ》

之橋《のはし》近くで米屋の越後屋《えちごや》の裏手に、千寿《せんじゅ》って按摩さんが看板を上げているわ。親の代からの按摩さんよ。惣録屋敷で杉山流の按摩揉み療治を習った人。この人がね、孫市さんが惣録屋敷にいたころ、修業していたはずよ」

「有難い、さっそくこれから千寿どのに会ってみよう」

「千寿どのね、そんな堅苦しい話しぶりは、この界隈では珍しいわね」

「吉原でも珍しがられることがある」

「でしょうね」

との川春の秋世の言葉に見送られて竪川沿いに横川に向かった。

二ッ目之橋で北側に渡り、七、八丁（約七百六十〜八百七十メートル）も歩くと越後屋という名の米屋があった。その傍らから路地が本所の武家地へと延びていた。

「杉山流按摩鍼灸　八重田《やえだ》千寿」

の看板を見つけた。

「御免くだされ」

と引き戸を開くと、いきなり土間の向こうの三畳間に布団が敷かれ、男が揉み療治を受けていた。患者はがっちりとした体つきの男で、千寿は反対に痩身の按摩で額に汗を光らせていた。部屋には火鉢があったが、そのせいではなく大きな男の揉み療治に汗を噴き出しているのだ。

「お客さんか、あと四半刻ほど待ってくれぬか」

と顔を向けた千寿はぱっちりとした目の持ち主であった。

「いや、客ではない。ちと尋ねたいことがあって参った。待たせてもらってもよいか」

「どちらさんですね」

「それがし、川向こうの吉原会所の者だ、神守幹次郎と申す」

「おや、吉原会所からツケの取り立てかえ。先生、堅物《かたぶつ》と思っていたがよ、なかなかやるな」

「親方、からかうのはやめてくださいよ。吉原会所が遊び代の取り立てに来るのにお侍もなかろう。吉原の借金取りは、付《つ》き馬《うま》と決まってますよ」

「おお、そうだった。会所の裏同心の旦那が千寿先生になんの用事だ」

客が顔を幹次郎に向けて野太い声で訊いた。

横川には船問屋があった。千石船の乗り組みの船頭か水夫《かこ》か。日焼けした顔が幹次郎にそう想像させた。

「それがしの役目まで承知か」

「ああ、会所によ、凄腕の侍がいるってのは何年も前から承知だ。で、なんの用事だ」

客が幹次郎に質した。

「親方は船大工なんですよ。まあ、なんの用事か知りませんが言ってごらんなさい。この界隈の話ならばなんでも承知ですよ」

と千寿が言葉を添えた。

「千寿どの、そなた、吉原で按摩を務めていた孫市を承知かな」

「ほう、何年も名を聞いたこともない同業のことでしたか。孫市がなにかやらかしましたか」

「いや、一昨日の夜、何者かに襲われて殺されたのだ」

しばし千寿は按摩の手を止めて幹次郎のほうを向き、患者の親方も顔を上げて幹次郎を眺めた。

「まさか下手人が八重田千寿って話じゃないだろうな、裏同心の旦那」

「そうなのか」

「ふたりして冗談でもそのようなことを口にしねえでくださいな。孫市とは、もう二十年以上も無沙汰《ぶさた》ですよ。まだ青い時代に同じ惣録屋敷の飯を食った間柄なだけだ。この二十年余、孫市を夢にも思い出したことはない」

「その惣録屋敷時代の孫市はどんな者であったな」

「えっ、人物ですかえ。孫市も私も十五、六でしたからね、惣録屋敷では半端者《はんぱもの》で人の数にも入れてもらえませんでしたよ。そんな時代の話が知りたいので」

「孫市の親を承知か」

「噂には、聞きました」

「どんな噂かな」

「なんでも勾当と惣録屋敷に関わりがある娘の間に生まれたのが孫市とか」

「千寿先生よ、いろいろ面倒なことがあってそのふたり、心中したんじゃなかったか。勾当の官位は奪われてさ、惣録屋敷から名跡《みようせき》も消された。年増の女のほうだけが、この界隈の寺に葬られたんじゃなかったかな」

と親方が言った。

千寿はふたたび手を動かして揉み療治を再開していた。

「その墓があるのが弥勒寺にござるな」

「さすがに吉原会所の凄腕《すごうで》だね、調べが行き届いておりますな」

「そんな親から生まれた孫市が惣録屋敷で育てられた。苦労であったろうな」

「親なしの上に心中立ての曰くつきですからね。生まれた子が、目がふたつとも見えないときた。親なし金なし曰くつきで、旦那がお察しの通り孫市は苦労したと思いますよ。それだけに按摩鍼灸は人一倍難儀して習得しましたからね、私らの仲間では孫市が抜群《ばつぐん》の腕利きでした。だからこそ、十六、七で吉原の按摩として移り住むことができたんじゃございませんか。孫市が吉原でひと財産築いたって噂を何年も前に聞きましたがね」

と答えた千寿が、
あっ、
と声を漏らして、

「孫市は貯め込んだ金目当てに殺されましたか」

と幹次郎に訊いた。

「金目当てであることは大いに想像される。だが、ふだんから懐に入れていた金子は拵えものの贋金だと分かっておる。つまり孫市は襲われた折り、その一夜に稼いだ銭くらいしか持たず、大金は携《たずさ》えてなかった。下手人は孫市の狭い住まいまで探しておるが、探し当てたとは思えぬのだ」

と説明した幹次郎は、

「われら、孫市が吉原に移り住んで貯めた金子をどこぞに預けておると考えておる。そこでそなたにな、その昔、孫市と親しくしていた朋輩《ほうばい》を知らぬか、あるいはだれと親しかったか尋ねに参ったのだ」

と告げた。

千寿は親方の体にのしかかるようにして首筋を揉んでいたが、

「あいつに心を許した仲間がいたとも思えない。今思い出すのは、いじけ切った孫市の声音だけですよ」

「千寿先生よ、そう痩せた手できつく揉むんじゃない。痛いよ」

「おお、御免なされ」

「先生、孫市が月に一度深川に姿を見せていたことを神守様が最前もらされたが承知していたか」

親方が幹次郎に代わって訊いた。

「親方、言うに及ばず、竪川を挟んで南が深川、こちらが本所と名を変えるだけで気風も違えば、付き合いも違うと思いませんか。私など、惣録屋敷にいたときもこっち岸に戻りたい、戻りたいと思うておりましたよ。まさか亡くなったおっ母さんの墓参りに月に一度深川を吉原から殊勝《しゅしょう》にも訪ねてくるなんて、およそいじけた顔の孫市から想像もできないことでね、深川近辺に孫市が心を許して大金を預ける者がいたなんて、想像もつきませんよ」

「千寿先生よ、人というもの、三つ子の魂《たましい》を忘れないやつもいるがよ、惣録屋敷から御免色里の吉原に移り住んで気性が変わったかもしれないぜ、孫市さんのよ」

「そりゃないな」

千寿が即座に親方の言葉に応じ、幹次郎に尋ねた。

「孫市には身寄りはいなかったのですね」

「ただ今までそのようなことは判明しておらぬ」

「おそらくどこをどう探索しても隠した女房や子が出てくるとは思いませんや、そちらがこの界隈でそのような係累《けいるい》を探しているとしたらね」

と言い切った千寿が、

「親方、本日の揉み療治はここまでだ」

と言った。

その言葉は幹次郎にも、もう話は終わったと聞こえた。土間に立ったままのや

り取りであったが、

「失礼仕《つかまつ》った」

と辞去《じきょ》しかけると、

「神守様、吉原での孫市の按摩代はいくらでしたんで」

「総身を揉み解《ほぐ》し百文と聞いておる。吉原の客の中にはそれなりの酒手を弾《はず》んだ者もいたようだ」

「そうはいっても何十両もの金を残したとしたら、孫市、つましい暮らしをしていたんでしょうな」

昔の朋輩が最後に言った。

「ああ、孫市の暮らしぶりから贅沢のぜの字も見えなかった。また、女郎相手に金を貸していたようだ」

「えっ、金貸しね、それで大金を貯めたか」

千寿が得心したように言った。

「それがな、節季の折りに移り替えの金が工面つかないような女郎に金を貸していたとか。そんな遊女の中には孫市から借りた金子を返せないまま死んだ者もいる。金貸しで女郎助けをしていたようでな、金を貸しても利を産むどころか、元金の取りはぐれで損《そん》をしたようだ」

「魂消《たまげ》たね。孫市め、なにを考えていたのか」

幹次郎は、孫市に雑菓子屋を始めて子ども相手に暮らしたい夢があったことを千寿には告げなかった。

「なんぞ思い出したことがあったら吉原まで知らせてくれぬか」

と願った幹次郎が、本所花町の路地から竪川に出てみると、西に傾いた日が川面を黄金《こがね》色に染めようとしていた。

(おお、半刻ごとに元次の猪牙に戻り、探索の結果を報告することを忘れておったわ。さあて、金次か哲二はなにか手がかりを得たかのう)

と考えながら六間堀の松井橋に戻っていった。

第四章　一文菓子屋

一

吉原では仙右衛門が若い衆の宮松《みやまつ》、遼太を従えて夕刻の廓の見廻りをしながら、近づく鷲神社の酉の市への仕度を点検していた。

吉原にとって十一月は、八日にはふいご祭、十七日、十八日には水道尻にある秋葉権現《あきばごんげん》の祭礼、鷲神社の酉の市と行事が重なる月であった。

とくに酉の市には、ふだんは閉じられている裏門を開け跳ね橋《はばし》を下ろして、五十間道から大門、五丁町を経て鷲神社へと向かわせた。そのほうが断然近いし、ふだん訪れることがない江戸の人々に吉原を知ってもらうよい機会だった。

酉の市は一年に一度、女衆が吉原見物できる格別な日でもあった。ために廓内は大変込み合い、女衆が連れ立って廓内を横切る混雑に乗じて女郎が抜け出すことも考えられた。ゆえに会所にとっては緊張を強いられるのが酉の市だった。

一方で、吉原にとって酉の市は大勢の客を呼び込む宵でもあった。男たちは酉の市見物に託《かこつ》けて吉原で遊んだからだ。神社にとっても吉原にとっても廓内通行には利があった。

ともかく臨時の門や跳ね橋の上げ下げの動きを点検し、安全を図った。

宮松と遼太のふたりを指図しながらも仙右衛門は、未だ深川から戻ってこない幹次郎ら三人を気にしていた。

按摩の孫市を刺殺した下手人を酉の市前に捕まえねば、雑踏の中で新たな騒ぎが起こらないとも限らない。

仙右衛門はいささか焦っていた。焦る気持ちの理由には回復しない養父の柴田相庵の体調があった。熱がなかなかひかないのだ。朝にはいったんひいた熱が夕刻になるとまたぶり返した。

診療所の手伝いと相庵の治療を行う孫弟子の菊田源次郎《きくたげんじろう》も、

「お芳さんが早くから飲ませていた煎じ薬が効いていいはずなんですがね」

と首を捻り、お芳が、

「菊田さん、相庵先生は医者のくせして薬嫌いなんです。私が飲むところを確かめないとき、薬を捨ててしまうんです。それで効き目が薄いのだと思います。あと二日ばかり飲ませ続ければ必ず熱はひきます」

と願望を込めて答えたものだ。

お芳は医者ではない。だが、柴田相庵の下で長年患者の治療に携わってきたのだ。若い医師の菊田などよりも病に対する知識もあり対症療法も承知していた。

「大先生の体のことはお芳さんが一番承知です。なんとしても元気になってもらわねばなりません」

と菊田が応じ、柴田診療所を頼りにひっきりなしに訪れる患者の治療に当たった。

「なんだい、見知らぬ顔の先生だな。相庵先生はどうしたえ」

と患者が菊田に問い、

「相庵先生は風邪で寝込んでおられるのだ。それで私が代診をしております」

「なに、相庵先生は鬼の霍乱か、お芳さんも心配だな」

などと患者がわが身より相庵やお芳のことを気遣った。

お芳もまた仙右衛門には黙っていたが、相庵の回復の遅いことを案じていた。

そのことは仙右衛門も感じていた。

「八方ふさがりだな」

と思わず独り言を漏らしたのを宮松に聞かれた。

「番方、今の言葉は会所のことですかえ」

「なに、宮松。おれはなにも言わないぜ」

「言いましたよ、八方ふさがりだって」

「そんなことを言ったか。独り言を言うようになっちゃ、仙右衛門も終わりだな」

とだれとはなしに呟き、宮松が仙右衛門の顔を心配げに見た。


一方、深川六間堀の松井橋では、幹次郎と金次が帰りの遅い哲二を待っていた。

「哲の野郎、大口を叩いて出ていったはいいが、当たりがねえのでよ、戻るに戻れないんじゃありませんかね。もう六つの時鐘が鳴ってだいぶ過ぎましたぜ」

と金次が幹次郎に言った。

「待つしかないな」

と言ったとき、小名木川の方角から小舟が近づいてきて、

「船宿川春ってのは、ここかね」

と男が在所訛《なま》りでふたりに質した。

「ああ、そうだよ、父つぁん」

「ならばお侍が吉原会所の神守様かね」

男が幹次郎に質した。

「いかにもそれがしが神守幹次郎じゃが」

「ならばよ、哲二って若い衆がよ、海辺大工町《うみべだいくちょう》の一文《いちもん》菓子屋およね婆さんのところで待っているだよ。哲二さんはわしが用をちゃんと足したら神守様がよ、小遣いをくれると言っただよ。使い賃をくれるだね」

ちぇっ、と金次が舌打ちして、

「哲二の野郎がてめえの銭を使うがいいじゃないか」

と罵り、幹次郎は道具を積んだ小舟に寄ると、

「手を出すのだ」

と一朱を渡した。

「えっ、一朱でなんてつりがねえだ」

「つり銭を受け取るつもりはない」

「気前がいいだな。有難いこった」

「父つぁん、海辺大工町は小名木川沿いにあちらこちらに散らばっているんだ。どこの海辺大工町だ」

と船頭の元次が質した。

「ああ、そのこった。横川に面した海辺大工町だ、そんでよ、深川扇橋町《おうぎばしちょう》との間にある路地を入るとな、深川源左衛門《げんざえもん》様の屋敷の塀に突き当たるだ。そこにある一文菓子屋だ」

「分かった、父つぁん」

金次が答え、幹次郎は、

「金次、猪牙の用意をしていよ。それがし、川春に礼を述べてくる」

と船着場から船宿川春に向かった。


男が言った通り、路地の突き当たりの角に灯りが点った小さな家があった。それが一文菓子屋だろう。

幹次郎と金次は海辺大工町の、河岸道から延びる幅一間半余の路地に足を入れた。

一文菓子屋は雑菓子屋とも駄菓子屋とも呼ばれ、子ども相手の商いだ。

江戸後期、白砂糖は値の張るもので、上菓子に使われた。それとは別に一文菓子には粗雑《そざつ》な精製《せいせい》の黒砂糖が使われた。

一文菓子には金つば、松翠《まつみどり》、ちぢら糖、三宮飴《さんみやあめ》、人参糖《にんじん》、豆板《とうばん》、今川焼《いまがわやき》、音羽《おとわ》焼、小麦焼、紅梅焼《こうばい》、五かぼう、玉の井《たまのい》焼など、粉ものや穀物《こくもつ》を使った菓子があれこれと名を変えて売られ、子どもに人気だった。

およね婆の一文菓子屋の前に幹次郎らを待つ哲二がいた。

さすがに夕暮れどきだ。もはや客の子どもの姿はなかった。

「よくやったな」

幹次郎が声をかけると、ちょっと得意げな顔の哲二が、

「按摩の孫市が墓参りのあと、通っていたのがこのおよね婆さんの店でしたよ」

と答えた。

「哲二、お手柄だったな」

金次も哲二の探索を褒めた。しかし口調にはちょっぴり先を越された口惜《くちお》しさが滲んでいた。

「だから、おれが探すと言ったでしょ」

「それにしても竪川から遠く離れた場所に、よく孫市の立ち寄り先を見つけたな」

幹次郎はそのことを褒めた。

えっへっへ、と笑った哲二が、

「偶然ですよ。おれね、なんとなく孫市の言葉が耳に残っていてよ、一文菓子屋を当たって歩いたんですよ」

「ほう、よいところに目をつけたな。それがし、うっかりとそのことを忘れておった」

「考えはいいが、惣録屋敷近くの一文菓子屋では孫市のことを知らなかった。ついにおれは小名木川まで訊き込みの範囲を広げてしまったんですよ。こうなりゃとことん、と考えてね」

幹次郎は哲二に話させた。

「神守様よ、六間堀の南側は小名木川にぶつかるだろう。その川沿いに訊き込みを続けているとさ、遠江掛川《とおとうみかけがわ》藩の下《しも》屋敷の門番がさ、ときに見知らぬ按摩が橋を渡った向こう側を横川のほうへと歩いていることがあると言うんだよ。そんでさ、あるとき、肩が凝っていたんで声をかけると、『わっしは吉原の按摩でございまして本日は墓参りです、仕事はできません』と答えたと言うじゃないか」

「孫市に間違いねえ」

金次が一段と悔しそうな声を漏らした。

「そこでさ、小名木川の南側をよ、横川へと訊き込みをしながら行くと、深川の名主《なぬし》さんのよ、源左衛門屋敷の男衆が、それならばおよね婆さんの一文菓子屋にちょくちょく姿を見せる按摩じゃねえかってんで、ようやくここに辿り着いたってわけだ」

「一文菓子屋という目のつけどころがわれらに先んじたな、哲二」

幹次郎は、重ねて哲二の探索の思いつきを褒め、およね婆の一文菓子屋を覗き込んだ。

一文菓子や安物の玩具《おもちゃ》が所せましと並ぶ店の奥の上がり框《がまち》に、しょんぼりとひとりの老婆が座っていた。

薄暗い行灯の灯りにおよね婆がまるで猫のように丸まっていた。その背後に粗《そ》末《まつ》な仏壇があって、線香の煙が立ち上っていた。

孫市のために線香を手向けたのだろうか。

「およね婆さんに孫市が死んだことを話したのか、哲二」

金次が問い、

「ああ」

「神守様が来るのを待つがいいや」

と哲二に文句をつけた。

「金次兄い、だってよ、孫市のことを言わなきゃ話にもなにもならないじゃないか。そんでようやくそいつを確かめた上で横川に走り戻り、船問屋の男衆の中で実直そうな男を選んで使いを立てたんだよ」

「哲二、そなたが頼んだ使いはちゃんと用を果たした」

その判断の正しかったことを認めた幹次郎が、

「孫市が死んだこと以外、詳しい話はしていないのだな」

「してませんよ。だって最前までよ、入れ代わり立ち代わり客の子どもがいたんだよ、話などできる雰囲気じゃなかったもの。子どもがいなくなって孫市のことを喋ったら、およね婆さんが泣き出したんだ。どうも孫市の亡くなったおっ母さんとおよね婆さんは知り合いだったんだとよ。おれが聞いたのはそこまでだ」

と哲二が答えた。

頷き返した幹次郎は、腰から大刀を抜き、一文菓子屋に足を踏み入れた。

店の中に黒砂糖の甘い香りが漂っていた。子どもにとって夢の世界だろう。

駄菓子屋に　遠き古里　重なりぬ

（ただ想いを連ねただけか）

と幹次郎は自らの五七五を評した。

「およねさんだな、それがし、吉原会所に勤める神守幹次郎と申す」

幹次郎の声に背を丸めたおよね婆が、ぴくっと顔を向けて上目遣いに見た。その両目の下に涙が流れて乾いた跡が残っていた。

「そなた、吉原に住まいする按摩の孫市の知り合いというが、たしかかな」

幹次郎の問いをただ聞き流したように見えたが、こくり、と頷いた。

「ならば話が聞きたい、よいか」

ふたたび頷くおよね婆に向き合うように腰を下ろした。およね婆の周りにもたくさんの一文菓子や凧《たこ》など玩具が並んでいた。

「そなたと孫市は、昔からの知り合いかな」

「お侍さん、孫市さんが殺されたってのは本当の話か」

およね婆は幹次郎に問い質した。

「真の話だ」

と前置きした幹次郎は差し支えないところを掻《か》い摘んで話した。

「なんてこった。孫市さんの懐にあったのは、この界隈の知り合いの職人に造らせた拵えものの小判《こばん》の包みだよ」

「なにっ、孫市はこちらで贋小判を造らせたのか」

「ああ、物騒《ぶっそう》だからってね。だけどなんの役にも立たなかったよ」

およね婆の両目に涙があふれた。

幹次郎は、しばらくおよね婆を好きなように泣かせておいた。

「神守様、もう店仕舞いしたほうがいいんじゃないか」

店の入り口に立った金次が幹次郎に尋ねてきた。

「未だ客が来るよ」

と泣きながらおよね婆が金次に怒鳴った。

「この刻限になっても子どもが雑菓子を買いに来るのか」

「仕事帰りの親父がさ、ふらりと寄って五かぼうなんぞを土産に買っていくんだよ」

「心根《こころね》の優しい親父がこの界隈には住んでおるか」

「心根が優しいからじゃないよ。賭場や女郎屋で遊んでさ、長屋に手ぶらでは帰りにくいから、子どもに雑菓子なんぞを買って帰るんだよ」

「そうか、一文菓子屋がそのような役目を果たしているとは知らなかった」

と応じた幹次郎は、

「そなた、孫市とは昔からの付き合いかな」

と最前の話を蒸し返した。

「わたしゃ、昔、惣録屋敷に女衆として勤めていたんだよ。そんで孫市さんのおっ母さんの和歌さんと知り合いだったのさ」

「そうか、和歌と知り合いであったか」

「わたしが惣録屋敷に勤めていたのは、六年だったかね。和歌さんは杉山検校の親戚筋でね、美しい女衆だったよ。わたしゃ、その和歌さんの女中みたいなもんだった。そんな和歌さんが所帯《しょたい》持ちの勾当江村惣達さんと密かに情けを交わしてさ」

「三十七年余も前のことだな」

「そんな昔になるか。ああ、わたしの歳を考えるとそうなるね。江村惣達さんも男前だった。だけど、女房持ちだ」

「惣録屋敷の中でふたりの間柄を隠し通すのは大変であったのではないか。まして、和歌どのは子どもまで産《おお》んだのだ」

「孫市さんを産むまで隠し果せたのはわたしがいたからだろうよ。和歌さんの身の回りの世話はすべてわたしがやったからね」

およね婆が言い切った。

「江村惣達さんは子どもが生まれたら、惣録屋敷を出て、和歌さんと子と三人で暮らすと言っていたがさ、江村勾当と和歌さんのことを杉山検校に言いつけた者がいて、すったもんだの大騒ぎだ。その始末が、江村勾当と和歌さんの心中騒ぎだ」

「残されたのは孫市だけというわけか」

「そういうことだ。わたしもよ、和歌さんの境遇に気づいていながら知らぬふりをしたというので、惣録屋敷から追い出されたんだ」

「それが三十七年余も前に起こったことだな」

「ああ」

「そなた、惣録屋敷を追い出されてどうしていたな」

「下総《しもうさ》の在所に戻っても勤め口なんぞはない。また江戸に、深川に舞い戻ってよ、口入屋《くちいれや》で一時雇いの飯炊きなんぞをやって暮らしてきたんだ」

「孫市と会ったのはいつのことだ」

「孫市さんがよ、吉原の按摩になる半年も前のことかね。わたしがよ、弥勒寺に和歌さんの墓参りに行ったときよ、孫市さんがその墓の前にいたんだ。だれからともなく母親のことは聞かされていたそうで、二年も前から墓参りに来ていたそうな。わたしゃ、直ぐに和歌さんの子だと分かったよ。よく顔かたちが似ていたもの。でも、まさか孫市さんが目の見えない人だなんて知らなかったよ。だって、和歌さんが子を産んで数日後に心中をしなさったんだよ。わたしゃ、追い出された。だけど、直ぐに和歌さんの子だと分かったよ」

和歌の心中の衝撃《しょうげき》を今に残していたおよね婆の話は何度も繰り返された。

「次にそなたが孫市に会ったのは、いつのことだ」

「今から十一年前の酉の市の夜だ」

「鷲神社にお参りに行ったか」

「違うよ、お侍。孫市さんに会いに行ったんだよ。もう立派な按摩さんだった。その夜がきっかけになってよ、わたしたちは会うようになったんだ。孫市さんはわたしを実の母親のように思ってくれた。それから二、三年したとき、わたしがさ、夢を話したことがあった」

「一文菓子屋を開く夢だな」

「そうだ」

およね婆が幹次郎を見た。

「そなたの夢が孫市に伝わった」

「伝わったばかりじゃない。この小さな家が一文菓子屋を廃業すること、そして、売り出したことをよ、探り出してきたのは孫市さんだ。その上、孫市さんはこの一文菓子屋を買い取った上に、わたしによ、店番をさせてよ、いつの日か母子のようにこの家で暮らそうとしていたんだ」

「そうか、そうであったか」

およね婆はふと気づいたように、

「もう店仕舞いしようかね、今晩は孫市さんの通夜《つや》をするよ。付き合っておくれな」

と幹次郎らに願った。

二

神守幹次郎らが吉原に戻ったのは、四つ半(午後十一時)の刻限だった。吉原が大門を閉ざすのは公《おおやけ》には四つだ。だが、町奉行所を懐柔《かいじゅう》して、

「引け四つ」

という独特の刻限を見世仕舞いとした。時鐘の四つに合わせて吉原でも拍子木《ひょうしぎ》を、

「チョン」

と打ち、締めの拍子木を九つ(午前零時)近くまで延ばして、

「チョンチョン」

と打った。

このふたつの四つを認めてもらうことで、吉原は一刻ほど長く営業できた。むろん吉原からそれなりの金子が幕閣《ばっかく》のあちらこちらに届けられてのことだ。

四郎兵衛も仙右衛門も幹次郎らの帰りを待っていた。

「随分と遅うございましたね」

四郎兵衛が幹次郎を迎えた。

「ひょっとしたらという下手人がひとり浮かびましたので」

「おや、さすがは神守様だ」

「いえ、私の手柄ではございません。これが当たっていれば、哲二の手柄です」

幹次郎は、まず哲二の探索をもとにおよね婆に出会った経緯を告げた。そして、およね婆の思いつきで簡素な通夜を執《と》り行ったことを付け加え、およね婆から聞いた話を述べた。

「孫市の通夜を深川海辺大工町で催されていたとは考えもしませんでしたよ」

四郎兵衛が答え、仙右衛門が幹次郎に尋ねた。

「孫市は、海辺大工町の二階家を購っていたのですね。すると、わっしらが考えるほど金子は持ってなかったことになりますか」

「孫市は、実の母の和歌を承知のおよねとゆくゆくは海辺大工町の一文菓子屋でいっしょに暮らすことを夢見ていたのです。といって子ども相手の一文菓子屋の上がりではふたりの暮らしは立ちいきません。これまで貯めてきた金子は一文菓子屋の店と住まいを居抜きで買うことでほぼ使い果たした。いえね、二階に二間の二階家から信濃《しなの》上田《うえだ》藩松平《まつだいら》家の下屋敷の庭の緑が見えて、目の見えぬ孫市も庭を渡ってくる風が大好きだったそうです」

四郎兵衛と仙右衛門の表情は、孫市が見えない目で松平家の庭を眺めている光景を頭に思い浮かべているようだと、幹次郎は推測した。

「孫市は、もう少し吉原で頑張っておよねとふたりで暮らす当座の金を貯めて、海辺大工町界隈を縄張りにする按摩の園市《そのいち》から株を買い、およねは一文菓子屋、孫市は按摩をしながら、生計《たっき》を立てる心づもりだったのです」

「ほう、孫市はそのようなことを夢見ておりましたか」

「七代目、叶わぬ夢ではなかった。およね婆にすでに七両三分の金を預けていたのです」

「一文菓子屋の家を購い、さらに七両三分を貯めておりましたか。なかなかできることっちゃございませんな」

「それだけに孫市とおよね婆さんの夢を砕いた下手人が憎《にく》うございますな、神守様」

四郎兵衛と仙右衛門のふたりが幹次郎の説明に応じた。

「およね婆の話でございますよ。園市が按摩の株と得意先を孫市に譲り渡して生まれ在所の阿波《あわ》に引き込みたいと思っているという話をおよねのもとへ持ってきたのは、やはり昔、惣録屋敷で風呂の釜焚きなど雑仕事をしていた牧造《まきぞう》って男だそうでございます」

「牧造ですか」

「こやつ、孫市より若いそうで、惣録屋敷で仲間の金を盗んで放逐《ほうちく》された男だそうです。目は見えて、大力の男だそうで、惣録屋敷にいた時分から鬢付け油をべたりとつけて、薄毛を整えていたそうです」

「すべて惣録屋敷絡みですか」

「惣録屋敷にいた時期が異なり、孫市は牧造と付き合いがなかったはずだとおよね婆は言うておりました。牧造が惣録屋敷で働いていたのは、孫市が惣録屋敷にいたときより十数年あとだそうです」

「およねは牧造が悪さをして惣録屋敷から放逐された内情を承知していたんでしような」

「番方、およねには今も惣録屋敷で働く朋輩がおりましてね、ときに会ってお喋りすることがあるそうです。牧造がふらりと一文菓子屋に姿を見せて、『婆さんも惣録屋敷で奉公していたんだって』と言ったことがあり、なにごとか魂胆を持って近づいてきたとおよね婆は感じたそうでございます。ゆえに一文菓子屋の二階家を買ったのが孫市だとは口にはせず、あくまで一文菓子屋の奉公人という体《てい》をおよね婆は牧造には装っていたそうです」

「だが、牧造のやつはすべてを承知でおよね婆さんに近づいてきたのではございませんか」

仙右衛門が早手回しの解釈を見せた。幹次郎は首を傾げながら、

「それがし、孫市の骸に接した折り、豆腐油揚の匂いといっしょに鬢付け油の匂いをうっすらと感じておりました」

「前にも言ってましたな」

「番方、それは一瞬のことでしたから、豆腐油揚の匂いを混同してのこととも考えられ、あのあとにあまり口にはしませんでした」

と答えると、

「この牧造って男が孫市を殺した下手人と思われますので」

仙右衛門が話の展開を願った。

幹次郎は話が回りくどくなったことを詫びて、さらに言い足した。

「五年前からおよね婆の一文菓子屋に顔を見せるようになった牧造は、およねと孫市の関わりを調べ上げ、孫市の貯め込んだ金子を奪うことを企《たくら》んでいたので

しょう。ところが三年前からぱったりと牧造がおよね婆の一文菓子屋に姿を見せることはなくなったそうです。それがふた月も前のこと、久しぶりに海辺大工町のおよね婆のもとへ顔を見せた。

そのとき、牧造は、こざっぱりとした形《なり》に変わっていたそうです。それまで牧造は千石船の荷降ろしなんぞで食ってきただけに汗臭い恰好であったといいます。そこでおよね婆が、『おや、牧造さんたらえらくさっぱりしているよ』と言ったら、『荷降ろしはきついばかりで日当《にっとう》もよくない。おりゃさ、川向こうで楽仕事をしているのよ』と答えたそうな。その折りのことです。およね婆に『こちらに出入りする孫市さんはよ、吉原の按摩だってな』と口にしたそうです。そのとき、およね婆は、この牧造のやつ、やっぱり悪巧《わるだく》みでもしているんじゃないかと思ったそうで、『孫市さんはおっ母さんの墓参りのついでにうちに遊びに来るんだよ。同じ惣録屋敷にいたからね』となんとなく話を合わせて、話柄《わへい》を変えたそうな」

「牧造って野郎、この四、五年の間におよね婆さんと孫市の関わりを調べ上げて、孫市殺しをやってのけたんですかね。吉原のことは外から見たって、そうそう分かるほど容易《たやす》い仕組みじゃないんだがな」

「番方、牧造がこの吉原に潜り込んで働いていたとしたらどうなりますな。神守様もそう考えておられるのではございませんか」

四郎兵衛の言葉に幹次郎が大きく頷いた。

はっ、とした仙右衛門が、

「牧造なんて男衆が廓の中におりましたか」

と自問した。

「番方、当然のことながら名を変えていよう。およね婆の話では、身丈《みたけ》はそれがしより二寸（約六センチ）は低く、がっしりとした体つきだそうな。顔は顎《あご》が張っており、目玉はぎょろぎょろしている感じだそうです」

「近ごろ鬘を付けた折りは鬢付け油で撫でつけておりますか」

「ということだ、番方」

「まだこの野郎、吉原に潜《ひそ》んでますかね。神守様方がおよね婆に目をつけたと知ったら、およね婆の口を封じるということも考えられませんかな」

「七代目、そのことでございます。明日の朝にも桑平どのに会い、およね婆の身辺をそれとなく警戒してもらう手配りを願うつもりです」

幹次郎の言葉に頷いた四郎兵衛が、

「半年前に五十間道裏の質屋鈴木屋に盗みに入ったのも牧造にございましょうな。

やつは備州の刀鍛冶長船辰治が拵えた両刃造りを孫市殺しの凶器に選んだ。そうなると鈴木屋の盗み、孫市殺しがつながってくる」

「おそらく」

「よし、明日から名を変えて廓に潜り込んだ牧造を、会所にある人別帳《にんべつちょう》から炙り出しましょうかな」

四郎兵衛が言い、仙右衛門が、

「七代目、南町の使いの一件、神守様に話さなくてよいので」

と促した。

「おお、忘れるところだったよ。南町定町廻り同心の桑平市松様から使いが会所に見えましてな。鈴木屋で盗まれ、孫市殺しに使われた長船辰治は、直参旗本《じきさんはたもと》二千五百石御小姓衆《おこしょうしゅう》の牧野《まきの》家から盗難届けが出されておりましたそうな。五年も前のことです。明日にもご用人が会所に来て両刃造りの長船辰治を確かめるということになりました」

「ほう、こたびの一件、複雑に絡んでいた糸が少しずつですが、解け始めましたかな」

と幹次郎が漏らし、

「哲二が按摩の孫市と付き合いがあったればこそ、およね婆に結びついたのです。兄貴の光吉が死んでからどれほどになりますか。こたびの探索で哲二もコツを会得したかもしれませんな」

四郎兵衛が言った。

そのとき、引け四つの拍子木が鳴り出した。

「遅くなったが神守様、番方、それぞれ恋女房のもとへ帰りなされ」

四郎兵衛の言葉で、ふたりは頷くと立ち上がった。

会所の飼犬の遠助がふたりを見送りに大門前まで出てきて、小便をした。

ふたりが潜り戸を出るとさすがに大門の外、五十間道には人影ひとつなかった。

どこかで夜鴉が鳴く声が響いていたが直ぐにやみ、吉原の内外は一時の眠りに就こうとしていた。

「番方、相庵先生の具合はどうだ」

「おっと、忘れていた。ようやく熱がひき、わずかだが食欲も出たそうで、お芳もほっとしていましたぜ。汀女先生から見舞いの鶏卵《たまご》を頂戴したとか、その鶏卵をお粥《かゆ》にかけて食べたそうです」

「それは本日、最もうれしい知らせであった」

と幹次郎もほっとした。

「明日にも牧造を炙り出しますぜ。吉原会所を舐《な》めるんじゃねえや」

仙右衛門がどこか安堵《あんど》の声で言い、幹次郎も頷いた。

幹次郎が柘榴の家に戻ったとき、汀女は未だ起きて料理茶屋山口巴屋《やまぐちともえや》の来月の献立《こんだて》を認めていた。

猫の黒介は長火鉢の上で丸くなって眠っていた。

「姉様、まだ起きておられたか」

「なんとなく寝そびれました」

汀女が酒をつけるかという表情で幹次郎を見た。

「通夜酒を呑んだでな、酒も茶も要らぬ。白湯《さゆ》を頂戴しようか」

「おや、どなたかの通夜に出られましたか」

「思いがけなく深川の海辺大工町の一文菓子屋で按摩の孫市の通夜をした」

と前置きした幹次郎は掻い摘んで今日の出来事を告げた。

「惣録屋敷などというところがございますのか」

汀女は火鉢の鉄瓶から茶碗に白湯を注《つ》ぎながら、孫市の通夜のことより惣録屋敷に関心を寄せた。

「惣録屋敷のことはそれがしもよく知らなかった。関八州《かんはっしゅう》とその周辺の座頭を支配する役所のようなものだ。最高の頭は、検校の席順最古参《さいこさん》の者が就く習わしとか。公儀よりいろいろと特権を与えられているので莫大な富も所持しておれば力もあるところだ」

「そんな惣録屋敷の中でお和歌様は道ならぬ恋をした。それが巡り巡って、倅《せがれ》の孫市さんに不幸を呼んだということですか」

「姉様、因果《いんが》を考えるとそうなるかもしれぬが、母親の和歌のせいではあるまい。不届きな考えをした牧造って者の所業《しょぎょう》だ」

「幹どの方は、牧造が名を変えて吉原に潜り込んでおると考えておられるのですね」

「吉原を知り過ぎた者の所業と思えぬか。およね婆の話から推察するに、吉原に潜り込んだのは一年半か二年前。そのころから吉原の男衆として暮らしていれば、孫市の暮らしぶりも金を懐に常に携帯していることも噂などで知り得よう」

「幹どの、孫市さんがこの二十年で金子を貯めたのは一文菓子屋を買い取るためだったのですね」

「そういうことだ」

「一文菓子屋に集まる子らの声を聞きながら余生《よせい》を過ごしたいという孫市さんとおよねさんの夢を潰した牧造が憎うございます」

汀女の珍しく感情の籠《こ》もった言葉に幹次郎はただ頷き、少し冷めた白湯を飲んだ。

「必ずや会所の手でお縄にしてみせる」

という幹次郎の言葉に黒介が目を覚まし、みゃう、とひと声鳴いた。

翌朝、幹次郎は二日続けて今戸橋際の船宿牡丹屋に行き、政吉船頭の猪牙舟に乗った。

「神守様、今朝はどちらに行かれますな」

「南町奉行所だ」

「ということは、按摩の孫市殺しに進展があったということかな」

「まあ、そんなとこだ」

幹次郎は政吉相手に昨日の成果を披露し、考えを整理した。

「牧造ね、そんな男が吉原に潜り込んでいたら、会所でなにか気がつきそうなもんじゃないか。牧造がおよね婆さんのところに来なくなったのは一年八月前と知れているんだ。牧造が吉原に入ったのはそのころであろう。なんとなく番方なんその頭に浮かびそうじゃないか」

「昨夜は考えついていないようだった。いささか疲れておられたかな」

「仙右衛門さんもよ、父親のような相庵先生の加減が悪いってんで、頭が回らなかったかね」

「いかにもそうかもしれぬ」

しばらく沈黙して櫓《ろ》をゆっくりと操っていた政吉が、

「吉原に詳しくて大門の出入りが勝手な男はいくらもいるぜ。なにも住人でなくてもよかないか。だって、神守様だって番方だって吉原に勤めながら住まいは廓の外だぜ」

「それもそうだが、そうなると探索の範囲が広がるな。牧造を突き止めるには日にちがかかることになる。またわれらが動き出せば、牧造は必ず気がつくはずだ」

「まず尻に帆をかけて吉原界隈から逃げ出すな」

政吉が言った。

幹次郎は政吉の言葉に視点を変えて思案した。

孫市を殺したのはまず牧造で間違いあるまい。

だが、孫市を殺し、家探ししてはみたものの一文の銭も得ていない。となると、牧造はどこに金子を預けたかと考えを進めないか。そうなると、孫市が親しい一文菓子屋のおよね婆に目をつけないか。

これは昨夜すでに会所で話し合ったことで、そのためにこれから南町奉行所の桑平市松を訪ねるところだ。

およね婆の身辺を守ると同時に、牧造がどう動くかを考えなければならない。

牧造が孫市に目をつけたのは按摩の孫市がそれなりの金を貯め、懐に常に所持しているという噂を知っていたからだろう。だが、孫市の懐にあったのは拵えものの贋金だった。

牧造にはなんとしても吉原を抜け出すためにも纏《まと》まった金が要るはずだ。となると、孫市と同じ職業の按摩を狙うということは考えられないか。

推測に過ぎないが廓内で警戒すべきことのように思えた。

だが、吉原に関わりのある按摩にそのことを伝えるまで半日はあると思った。まず白昼、廓の中で犯行に及ぶとは考えられなかった。二万七百余坪の吉原は、江戸でもいちばん住人が集中して暮らしている場所だった。どこにいようと人の目はあった。

牧造が次の相手を狙うには夜を待つしかあるまいと思った。


政吉の猪牙舟は昨日の朝より幾分、南町奉行所に到着するのが早かった。そこで幹次郎は自ら数寄屋橋を渡って通用口を訪ね、吉原会所の神守と名乗り、急ぎ桑平市松に会いたいと願った。

名指しが効いたか、直ぐに桑平市松が姿を見せた。

「裏同心どの、われらより働かされておるな」

と冗談を飛ばした。

「いささか展開がございました」

と前置きして昨日の動きを手短に話し、海辺大工町の一文菓子屋のおよね婆の警固を願えないかと相談した。

桑平同心は、

「承知した。あの界隈が縄張りの御用聞きに直ぐにも命じる」

と答えた。その上で、

「惣録屋敷で盗みを働いて追い出された牧造なんて野郎は、ひょっとしたら小伝馬町に一、二度出入りしていることも考えられるな。こちらも調べてみます」

と請け合った。

「おお、うっかり忘れるところでした。孫市殺しの凶器、出所が分かったようですな。さすがは敏腕の桑平市松どの」

「そなたに褒められると気味が悪い。なあに、例繰方が探り出しただけのことだ。牧野家の提出した盗難届けと銘も刃の長さもぴたりといっしょゆえ、まず間違いござるまい。牧造のことでなんぞ判明しましたら、会所に知らせる」

と桑平が応じた。

三

吉原は女衆の出入りに格別厳しいところだった。

遊女の逃亡、足抜《あしぬき》を警戒してのことだ。ために吉原出入りの常連の髪結《かみゆい》にも会所が発行した鑑札《きって》を提示させるほどだ。

一方、男となるとほとんど無警戒に出入りさせた。吉原の客が男で成り立っている以上、致し方のないことだった。

幹次郎がこの朝、吉原の大門を潜ったのは、四つの刻限だった。

一夜を客とともにした遊女も客がつかなかった女郎もこの刻限に起きて、朝湯に浸かり、朝餉を摂った。

吉原の大門を八百屋、魚屋、花屋などが潜るのもこの刻限だ。女衆は会所と顔見知りであっても、鑑札を見せた。

「おお、相変わらず遅いご出勤ではないか。そなた、近ごろ柘榴の家に安住して気が緩んでおらぬか」

面番所の隠密廻り同心村崎季光が無精髭《ぶしょうひげ》の顎を撫でながら、嫌味を言った。

「村崎どの、家というものはよいものですな。長屋の暮らしも捨てがたい。だが、一軒家で飼い猫なんぞがいて、朝の間、のんびりと茶など飲むと会所に出てくるのが嫌になります」

「おい、ようもそうぬけぬけと言いよるな。按摩の孫市殺しの下手人は未だ挙がっておるまい。そのような折りに呑気《のんき》なことを言うておってよいのか。そなたらが探索せぬのなら、面番所が代わりに動くぞ」

「それも一案にございますな」

「またさようなことを」

と地団太《じだんだ》を踏む村崎が、

「待った。そのほうがそのようなことを言うときは、いつも裏でなんぞ画策しておるときだ。そなた、すでに孫市を殺した下手人の正体を摑んでおるのではないか。それならばそうと、まずわしに耳打ちせよ」

「いえ、惣録屋敷にいた折りに関わりがあった者などのことや、孫市の出自を確かめておるところでござる。ですが、なにせ孫市が深川にいたのは、二十年も昔のことで苦労しております」

「そなた、あれほどわしが言うたではないか。孫市殺しは客だ、ただし孫市の暮らしぶりを知った客だ。その筋を追っていけばもはや当たりくらいついておるはずだ。それをなんだ、孫市がいた惣録屋敷だと、見当違いも甚《はなは》だしい」

村崎同心が怒鳴った。

「村崎どのの申されること一々ごもっとも。ですが人というもの、それぞれ過ぎし日を背負って生きておるものでしてな、こちらの線も捨てがたい。おお、そうじゃ、村崎どのの幼いころの夢はなんでございましたな。やはり父御の跡を継いで町奉行所の同心になることでございましたか」

「なにを言うておる。われら町奉行所の同心は一代かぎり、わしには貧乏たらしい同心よりもそっと大きな夢が、大望《たいもう》があった」

「ほう、大望と申されますとどのような途《みち》にございますか」

「蔵に千両箱が積み上げてあるような分限者になってな。うん、妾《めかけ》のふたりも囲う暮らしを夢見たな」

「なかなかの大望にございますな」

「であろう。じゃが真の暮らしは亡父の跡継ぎであった。おい、裏同心、それがどうした」

「孫市の望みは一文菓子屋の主になることでございましてな、子どもに囲まれて暮らすのが夢にございました」

「なに、雑菓子屋の主じゃと。それでは利幅が薄い、銭は貯まらぬぞ。按摩のほうがまだ稼ぎがよかろう」

と村崎同心が言い放った。

「夢は人それぞれにございますな。村崎どのは分限者になって妾をふたりほど抱えるのでしたな」

「じゃが、現実は口うるさい女房と病の母親に囲まれて、わしの居場所もない」

「それが人の暮らしにございますよ」

と言い残して幹次郎が会所に向かいかけると、札差《ふださし》の伊勢亀半右衛門《いせきはんえもん》を大門まで見送りに来た薄墨太夫が、幹次郎と村崎同心との問答を聞いていたようで、笑みを幹次郎に向けた。

「伊勢亀の大旦那どの、薄墨太夫、おはようござる」

「神守様、久しぶりにお会いしましたが、だいぶ弁舌《べんぜつ》が上手になられたようでございますな。この次、薄墨の座敷にお招きします。その折りはお断わりにならないでくださいまし」

と伊勢亀が言った。

「有難い思《おぼ》し召しです」

と会釈を返した幹次郎は、会所の敷居を跨いだ。

仙右衛門以下、若い衆が顔を揃えていた。

幹次郎の出仕《しゅっし》に気づいた四郎兵衛も奥座敷から姿を見せた。

「牧造が名を変えて吉原に暮らしていることを前提に昨夜来、あやつの人相書《にんそうが》きを各所に配ってございます。そろそろなんぞ話が飛び込んできても不思議ではないのですがな」

「名を変えたと同時に、風体《ふうてい》を大きく変えたということは考えられませんかえ、七代目」

小頭の長吉が質した。

「いかにも風体を変えていましょうな。さあて、牧造は別人に扮《ふん》したとしたら、何者に形《なり》を変えておりましょうな」

「吉原には世間にあると同じ数だけ仕事が揃ってございますからな、何者にでも扮することはできましょう。ただし、背丈と体つきは変えられますまい」

仙右衛門がふたりの会話に応じた。

三人の言葉を聞きながら幹次郎は、鬢付け油のことを気にしていた。

鬢付け油をつける牧造は、どのような仕事についているのか。

「およそ二年から一年半前までに吉原暮らしを始めた男は調べがつきましたか」

「意外と多くて二十一人がほぼ一年半前までに吉原に入ってきましてね、年恰好から七人に絞られます。そのうちの三人はすでに身許《みもと》がはっきりしてます。牧造が化けたと思える男は、この四人の中にいるかと思えます」

と番方が言い、幹次郎に紙片を差し出した。

陽光楼《ようこうろう》　喜助《きすけ》の堪次郎《たんじろう》
真栄田《まえだ》や　風呂番の与助《よすけ》
見番《けんばん》　男衆の秀次《ひでじ》
始末屋　亮八《すけはち》

の四人だ。

「七代目、南町の桑平市松どのは、牧造が惣録屋敷を追い出された経緯を知ると、そのようなことをやらかした者は、そのあと一度や二度必ず小伝馬町に世話になっているものだ、南町奉行所の手控えを調べると約束してくれました」

「それは助かりました。前の村崎様とはえらい違いですな」

四郎兵衛が表へ視線を向けた。

「骨抜きにしたのは代々の会所でございますよ。致し方ございますまい」

仙右衛門が言い、

「違いございません。ですが、ときには汗を掻く真似くらいしても損はございますまい」

と四郎兵衛が応じた。

「番方、この四人のうち、一番怪しいのはだれですね」

幹次郎が注意を紙片に戻した。

「力が強そうなところからいくと、風呂番の与助かね」

「そういえば両刃造りの鞘は湯屋の釜で焼かれるところであったな」

仙右衛門と幹次郎は、金次ひとりを連れてまず伏見町の中見世の真栄田やを訪ねることにした。

番頭が、

「おや、会所のお歴々、なんですね」

「ちょいと風呂番の与助に訊きたいことがあってね」

と訊くと、

「与助なんて風呂番がうちにいたかい」

と考えていた番頭に番方が、

「一年半前に届けが出てるよ」

「ああ、思い出した。三日と辛抱《しんぼう》できなかった骨なし野郎だ。以来、うちは男衆が交代で風呂番をしていますよ」

「なに、吉原から消えたなら消えたで、職を辞した届けを出すがいいじゃないか」

「たった三、四日だからね、忘れていたよ」

番頭が平然とした顔で答えた。

仙右衛門が腰の矢立《やたて》の筆を抜き、与助の上に棒線を引いた。

「喜助のいる陽光楼がここから近《ちこ》うございますよ」

金次が江戸二の小見世へと案内していった。

喜助は名ではない、吉原特有の職名だ。廻《まわ》し方《かた》ともいい、二階の客間の雑用掛《がかり》全般を引き受けた。行灯の油を差したり、客の苦情を処理したりとあらゆる雑用をこなした。

「堪次郎さんはいなさるか」

仙右衛門が遣手に訊くと、

「堪次郎かえ、ふうっとうちから消えたまま楼に戻ってこないよ」

「いつのことだ」

金次が勢い込んで遣手に尋ねた。

「もう八月も前のことかね」

「ちぇっ、八月も前のことだって。会所になぜ届けを出さないんだよ」

「私に言ったってしようがないよ。番頭さんに言いな」

「八月前から吉原に姿を見せないいんだな」

「ああ、相州の在所に戻ったって話だよ」

遣手の答えに仙右衛門が顔を歪《ゆが》めた。

「残るはふたりか」

始末屋の亮八は、按摩の孫市が住んでいた蜘蛛道の突き当たり近くに住んでいた。

始末屋とは、客が溜めた遊び代を取り立てる掛だ。妓楼でひと晩遊んだはいいが遊び代の足りない客を布団部屋に押し込めて見張りをつけ、始末屋を呼ぶ。始末屋は客の住まいや親方のところまで押しかけて遊び代を取り立てる。だが、最初から遊び代が足りないことを承知で遊んだ客だ。そう容易く金子の都合などつくわけもない。

となるとここからが始末屋の腕の見せ処《どころ》で、乱暴な手を使い、中間《ちゅうげん》部屋などに入れて奉公させ、前金を受け取ったりした。

それだけに強面《こわもて》が多い。

亮八は狭い三畳間にくすぶっていた。風邪を引いて十日余り寝込んでいるという。煎じ薬の匂いが部屋に漂っていた。だが、部屋の内部はきれいに片づいていた。青白い顔をした亮八が、

「なんの用だ」

「うーん、おまえさん、按摩の孫市と昵懇《じっこん》じゃねえか」

「番方、孫市さんが殺されたって聞いたよ。まさかおれが殺ったなんて思ってねえよな」

いかにも弱々しい反問に仙右衛門も直ぐに答えられなかった。

「そういや、あの晩も風邪見舞いと言ってよ、四半刻ほど孫市はおれのところで話していったぜ。五つ半時分までかね」

「なに、おまえさんのところに孫市が立ち寄ったか」

あの夜、孫市が取った三人目の客がいると思われたが、客ではなく亮八だった。

「立ち寄ったとき、なんぞ話さなかったか」

「あいつ、無口だからよ。おれが相庵先生が風邪で倒れたことなんぞをさ、医者の不養生と喋ったぐらいだ」

孫市に柴田相庵の風邪を伝えたのも、相庵と長い付き合いの亮八と分かった。

「念のためだ、繰り返すぜ。おめえ、孫市を手に掛けてねえよな」

仙右衛門が訊いた。

「ちぇっ、おれが按摩の孫市殺しだって。熱が出たせいで食いものも満足に食えねえ、水ばっかりで力が入らねえ。人が殺せるものか」

「そなた、深川の惣録屋敷で働いていたことはないか」

幹次郎が質した。

「川向こうだって。会所のお侍よ、おりゃ、浅草田原町《たわらまち》の生まれだ。親父は大工の吉三《きちぞう》だ。身許はしっかりしていらあ」

と胸を張った。

「思い出した。おりゃ、おまえさんの親父を承知だ」

番方が言い、邪魔したな、と煎じ薬の匂いのする長屋を出ようとした。すると、

「孫市殺しの下手人に惣録屋敷の仲間が関わっているのか」

と亮八が訊いた。

仙右衛門が幹次郎を見た。幹次郎が頷き返し反問した。

「惣録屋敷にいた野郎を承知か」

「番方、どこかで聞いた気がするんだが、なにせ熱のせいでよ、ぼうっとして頭

が回らないや。思いがけない野郎がさ、惣録屋敷で何年か飯を食っていたと聞いた気がしたんだがな」

「吉原の関わりの者だな」

「惣録屋敷にいたって野郎が吉原に潜んでいると、吉原のだれかに聞いたんだがな。この吉原のだれかにだよ」

亮八は相変わらずあいまいな言を弄した。

「見番の男衆の秀次とは知り合いか」

幹次郎が訊いた。

「芸者屋から始末を頼まれたことはないよ。秀次なんて知らないよ」

「そなた、道楽はなんだ」

「裏同心の旦那、妙なことを訊くね。呑む打つ買うは、そこそこだ。それより甘いものの食べ歩きかね」

「ならばそれなりに金を貯めていよう」

「会所のお侍のように浅草の寺町に一軒家は持てないがよ、小商いを開く程度の銭は貯めた。こんどの風邪で寝込んでいるうちに考えたんだ。そろそろ始末屋なんて危ない稼業は潮時《しおどき》だってね、堅気《かたぎ》の商いをしようかとね」

「なにをする気だ」

「修業の要る商いはダメだ。おりゃ、甘いもの屋をやろうかと思う。汁粉《しるこ》なんて上手に作れるぜ」

亮八は威張った。

最後に吉原見番の二代目頭取の小吉《こきち》を訪ねた。小吉は、秀次は半月前から在所の上総《かずさ》に戻っていると事情を告げた上で、

「わしと会所の仲だよ。人殺しをするようなやつを男衆にしておくものか」

と一蹴した。その上で、

「孫市殺しの下手人の目処《めど》が立たないのか」

と訊いてきた。

「小吉の父つぁんだから話すが、牧造って野郎が正体を隠して吉原に潜り込み、懐の金を狙って孫市を襲ったんじゃないかと考えられるんだ」

仙右衛門が掻い摘んで話した。

「惣録屋敷から吉原に孫市さんが来たことは、わしも承知だ。親父の顔もおっ母さんの顔も知らないんだったよな」

「よう承知だな」

「この七、八年孫市さんをひと月に一度くらい呼んで揉み療治をしてもらっていたからな。話くらいしたさ」

「そうか、小吉父つぁんも孫市の客だったか」

「あいつ、近々吉原を辞めることを知っていたか、会所はよ」

「深川海辺大工町で一文菓子屋をやりながら按摩稼業を続ける気だったってな」

「それも承知か」

「ああ、神守様が昨夜調べてきたことだ」

「旦那は左兵衛長屋から引っ越しなさったってね。一軒家住まいと聞いたぜ。なんぞ祝いを考えなきゃあな」

小吉が不意に話柄を転じた。

「七代目のお蔭で小体な家に住まうことになった。親方の気持ちだけいただいておこう」

「気持ちだけじゃあな」

と応じた小吉が、

「ああ、そうだ。最後によ、孫市さんを呼んだのが二十日も前のことか。そんときよ、わしの代わりが見つかったと言ってたな」

「わしの代わりが見つかったとはどういうことだ」

「吉原の按摩がわしの代わりと言うたんだ。そりゃ、按摩じゃないか」

「按摩な」

「代わりの按摩にとって孫市さんは恩人だろう。だってよ、得意先から住まいまで譲り渡す気でいたんだよ、孫市さんはよ。その新しい按摩にはよ、なにか格別なことがあると言ったんだが、ここんとこ物忘れがひどくてよ、思い出せねえ」

と小吉が言った。

「小吉の父つぁん、ひょっとしたらひょっとするぜ。調べてみる」

仙右衛門が言い、三人は仲之町に出た。

「番方、吉原住まいの按摩は何人おるな」

「わっしの知るかぎり四人ですよ。いや、孫市が死んだから三人だ。だが、この三人はすでに吉原でそれなりに贔屓客を持っていれば住まいもある。孫市が得意先やお店《たな》を譲るというのはおかしゅうございませんか」

「おかしいな。按摩は外から吉原に入ってくるのもいたな」

「四人ではとても客をこなし切れませんからね。五十間道裏に住む古手の按摩の彦十《ひこじゅう》ら、その夜によって幾人かが入っておりますぜ」

「彦十が近在の按摩の頭分だったな、会《お》うてみぬか」

三人は大門へと向かった。

「おおい、会所の面々、血相変えてどこに行く」

村崎同心が幹次郎らを呼び止めようとした。

「相庵先生を見舞いに行くところでござる」

と幹次郎が言い残し、五十間道上の見返り柳の裏手に住まいする、

「揉み療治鍼灸」

の看板のある彦十を訪ねた。

吉原の外から廓内で商売する按摩の数を尋ねると、

「うちに一応顔通ししている按摩は六人ですよ」

「最近、加わった按摩はおらぬか」

「だれも五、六年はやってますよ」

と幹次郎の問いに答えた彦十が、

「そういえば最近、見かけない按摩が大門を出入りしていると聞きましたぜ。そいつは、どうも目が見えないことを装っていますがね、目明きらしいや」

と彦十が言った。

四

深川海辺大工町でひとりの男が舫われた小舟から釣り糸を垂れていた。がっちりとした体つきで西に傾いた日差しを避けるためか菅笠《すげがさ》を被り、顎下でしっかりと紐で結んでいた。

横顔に西日が当たっていた。

縞柄の綿入れを着込んで無心に水面に浮く浮子《うき》を見ていた。だが、その心中は、

(早く日が暮れて餓鬼《がき》どもが長屋へと帰らないか)

と、そのことばかり願っていた。

考えれば考えるほど按摩の孫市が貯め込んだ金子を預けていた先は、月に一度母親の命日に墓参りに来て、そのあと立ち寄る海辺大工町の路地裏の一文菓子屋のおよね婆のところしかないと思えた。

孫市が心を許していた数少ない知り合いだった。だが、まさか貯め込んだ金子まで預ける間柄とは信じられなかった。

木枯らしが吹き荒ぶ夜のことだ。

豆腐屋で最後の仕事を終えた孫市を住まいの路地奥で待ち受けていた。ところが孫市が木枯らしの風音のせいで道を間違え、天女池のほとりへと出てしまった。孫市は豆腐油揚を食いながら歩いていたために注意が散漫《さんまん》になり、道を間違えたことに気づいた。

その瞬間、考え抜いていたはずの企てを変えた。天女池へと向かうと孫市の背後から迫り、左腕で首を絞めると己の体へと引き寄せた。

「ああ」

と驚きの声を漏らした孫市は咄嗟に顔をねじり、はっとしたように、

「お、おめえは」

と驚きの声を上げた。だが、吹き荒ぶ木枯らしで声は消えた。

もう一度、ぐいっと絞めると体を己から離して右手に持っていた両刃造りの短刀で背中から心ノ臓を突き通した。

腕の中で孫市が痙攣《けいれん》し、直ぐにぐったりとなった。

崩れ落ちた孫市の背中に突き立った両刃造りの短刀の柄に手を掛けて抜くと、無意識の裡《うち》に池の中へと放り込んでいた。そして、孫市の体を蜘蛛道へと引きず

っていき、孫市の住まいの路地の奥へと運んだ。

蜘蛛道に入ると木枯らしが和《やわ》らいだ。すると孫市が失禁《しっきん》したか、小便の臭いがした。孫市の家まで連れ込むのはやめて、その場で孫市の懐を探った。

布地の財布に包金ふたつが手に触った。

（しめた）

懐にねじ込むと、すでに家探しした孫市の長屋の土間から用意していた筵を持ってきて孫市の体に掛け、

（成仏するんだ）

と胸の中で言い放つとその場を離れた。

蜘蛛道に戻る道中、前帯に両刃造りの短刀の鞘が差さっているのに気づいた。ちょうど伊兵衛の風呂屋の釜場の裏戸口だった。迷うことなく戸を押し開けると、まだ火が残っていた釜へと鞘を放り込んだ。

自分の長屋に戻るまでは完璧な仕事だった。

だが、行灯の灯りで確かめた包金ふたつはなんと芝居なんぞに使われる拵えもの、造りものの小判だった。

しっかりと準備してきた孫市殺しと所持金強奪のもくろみは、最後の最後で崩

れた。

なんてことだ。孫市はどこに蓄《たくわ》えを隠しているのか。

孫市の住まいは事前に探していた、だが、どこにもなかった。そのことを確かめたあと、孫市を殺害したのだ。だが、懐にあるべきものがなかった。

どこで間違いを犯したか。

この一年余、孫市に油断なく近づき、人に知れないように話を重ねてきた。孫市に秘密があるとすると、ひと月一度の弥勒寺の墓参りだ。墓の主は孫市の母親らしいことが寺の小僧の話で分かった。そして、孫市が墓参りのあとに立ち寄る先が判明した。

三十有余年前、惣録屋敷に奉公していたおよね婆の一文菓子屋だった。按摩と墓参り以外に孫市が訪ねるただひとつの場所だった。

孫市の貯め込んだ金子を預かっている先は一文菓子屋しかない。

なんとしても今晩じゅうにおよね婆の家を襲い、孫市の貯め込んだ金子を奪い取って江戸とおさらばする、それが最後の企てだった。

だが、一文菓子屋には餓鬼どもがいた。

あと四半刻もすれば日没だ。一刻後に小体な二階家に押し入るのだ。

釣り人は、横川の東岸から西岸へと小舟を移動させた。

どうやら一文菓子屋から客の子どもたちが消えた様子が窺えた。

(あと半刻)

の我慢だ。

そのとき、横川の河岸道に足音がして、一文菓子屋の路地奥へと入っていった。

(何者か)

じいっと我慢していると、また足音が戻ってきた。

こんどはふたりだ。横川に向かって小便を始めた気配だ。小舟の釣り人との間に芒群《すすきむら》があってその様子は見えなかった。

「兄い、婆さんを殺しに吉原からそやつがほんとうにやってくるのか」

若い声が仲間に訊いた。

兄いがなんと答えたか釣り人には聞こえなかった。だが、ぞっとすると同時に寒気が襲ってきた。

(なんと、御用聞きの手先が一文菓子屋を見張っていた)

危うく虎の潜む穴に飛び込むところだった。ということは、やはり孫市の貯め込んだ金子をおよね婆が預かっているということではないか。

「孫市って按摩には信用できる者は婆さんしかいなかったんだからな」

兄いの声が釣り人に聞こえた。

「それにしても馬鹿な野郎じゃないか、孫市はすでに貯め込んだ金でよ、居抜きで一文菓子屋を買ったんだ。もはや残り金はあまりない、あと二、三年吉原で頑張って働き、およね婆さんと暮らすつもりだったそうだが、おれなら婆さんじゃなくてよ、若い女を選ぶぜ。なあ、兄い」

「およねは死んだお袋の知り合いというからよ、母親のように思っていたんだろうよ」

「ふーん」

と御用聞きの手先の弟分が返事をして、

「野郎、来るかね」

「さあてな、姿を見せたら一巻の終わりだぜ。こっちはよ、手ぐすね引いて三人も控えているんだ」

ふたりはしばらく黙り込んだ。

「夕餉によ、酒なんぞつけてくれないかね」

「馬鹿野郎、親分が許すもんか」

「そうだな、酒はだめだな」

と答えた弟分が、

「吉原会所に凄腕の侍がいるってな」

「ああ、おれも聞いた、神守幹次郎って侍だ。親分の話だと、その侍が吉原の池から短刀だか脇差だかを見つけたそうだぜ。なんでも両刃造りでよ、刀屋に持ち込めばそれなりの値がつく逸品だそうだ。按摩なんぞ殺さずによ、そいつを質屋に持ち込んで曲げちまえば、捨て値でも四、五両にはなったそうだ」

「だがよ、質屋には持ち込めねえよ、五十間道裏の質屋から盗まれた短刀だろうが」

「江戸に何十軒、質屋があると思うよ。品川《しながわ》か内藤新宿《ないとうしんじゆく》の質屋に持ち込めば、直ぐに小判に変わったよ」

「そいつは、物を知らない野郎だな」

「ああ、間抜けな野郎よ。按摩殺しで獄門《ごくもん》は間違いねえ」

釣り人は小舟の中で身動きひとつしなかった。

「兄い、飯食ったら早く戻ってきてくんな」

「おお」

との問答を最後にふたりの気配は消えた。

釣り人は、それでも動かなかった。

（どうしたものか）

もはや孫市の金に関わっている場合ではない。こちらの尻に火がついていた。

だが、これまで吉原で小さな盗みを重ねて貯め込んだ金子は、未だ蜘蛛道の長屋にあった。

路銀《ろぎん》がなければ明日からの身は立たない。なんとしてもあの金はいる。今一度吉原に戻り、取り戻さねばならない。ふたりの御用聞きの話では、孫市を殺した下手人の名は一切出なかった。

ということは未だ自分の身許は割れていないのではないか。ならば客が込み合う夜見世《よみせ》の間に大門を潜る、と釣り人は考えた。

小舟の舫いを解くと櫓に力を籠めて横川を北に向かって漕《こ》ぎ出した。


吉原会所に南町奉行所定町廻り同心の桑平市松が訪ねてきたのは、大門前が一番賑わいを見せる五つの刻限であった。

幹次郎も仙右衛門も会所にいた。

「神守どの、惣録屋敷にいた牧造って野郎、小伝馬町の牢屋敷に都合三度世話になってましたぞ。百敲きや所払《ところばら》い程度の軽微な沙汰《さた》でございましてな、吟味方《ぎんみかた》では、牧造が素直に咎《とが》を認めるところにいささか不審を抱いていたそうな」

「どういうことですか」

と幹次郎が問い返した。

「野郎、遠島《えんとう》になっても不思議ではない悪さを隠すためにわざと値の張らない品を万引きなんぞしていたんじゃないかという疑いでござる、罪咎《つみとが》の重いものより軽いものを小出しにして沙汰を免《まぬが》れようという算段です。ただし、確たる証しがない。最後に牧造がお縄になったのは三年ほど前です。このときは、所払いで済まされております」

「そのあと、この吉原に潜り込んできたのでござろうか」

幹次郎の問いに桑平同心が頷き、

「牧造は新之助《しんのすけ》、小五郎《こごろう》、将吉《しょうきち》なんて偽名を使っていたそうな。それともうひとつ、惣録屋敷にいる間に見様見真似《みようみまね》で揉み療治や鍼灸を覚えたようです。ゆえに按摩の形《なり》で流しの按摩をしていたこともあるそうだ」

「桑平どの、見番の小吉親方が孫市から聞いた話がござる。それによると孫市は、

『わしの代わりが見つかった』と言ったそうじゃ、それが二十日前のことだとか。また吉原外の按摩の古参の彦十は、近ごろ新顔の按摩が吉原に出入りしていたと言っておった。小吉の言う『代わりの按摩』も彦十の言う『見かけない按摩』も牧造ではないか。やつは吉原に按摩の形で出入りしていたのではござらぬか」

「按摩なら格別に大門で咎め立てされることも少ないですからね。大いにそうかもしれません。だが、やつが本名の牧造を使ったとは思えない。新之助か、小五郎か、将吉、あるいはほかの偽名で入り込んでいた可能性はある」

仙右衛門が答え、長吉らに、

「小頭、そんな名の按摩が出入りしていたってことはないか、調べてくれ」

と命じた。

「へえ」

「待ってくれ」

会所から出ていこうとした長吉に幹次郎が待ったをかけた。

長吉らは足を止めた。

「孫市が代わりの按摩と初めて出会ったのは、いつのことであろうか。小吉親方の話では『代わりが見つかった』と二十日前に聞いたと言うたな」

「孫市は牧造を自分
「しかし孫市がそいつと会ったのはそのころなのであろうか。孫市は牧造を自分の代わりにと早計にもいきなり考えたのであろうか」

「どういうことです」

仙右衛門が幹次郎に反問した。

「それがしも頭の整理がつかぬ。ゆえに辛抱して聞いてもらいたい。孫市は生まれついて目が見えなかった。ゆえにこれまで色々な意地悪や騙《だま》しを受けてきたであろう。そのような孫市が牧造を自分の代わりと思うほど容易く信用したのであろうか」

「いや、それはわれらより用心深かったであろう」

と桑平同心が幹次郎に応じた。

「こんどは牧造の目で吉原や孫市を見ていきましょうか。これまで何度か小伝馬町の牢屋敷に出入りしていた牧造は、最後の大仕事の場に吉原を選んで、なんぞ男衆の仕事で潜り込んだ。それが一年半から二年前のことのはずです。吉原の暮らしに慣れたころから盗みを働き、金を貯めてきた。そして、自分といた時代は違うとはいえ、前々から調べていた惣録屋敷の出の孫市に狙いをつけた」

「孫市は牧造に目をつけられていたというわけですか」

仙右衛門が訊き、幹次郎が頷いて、

「牧造は孫市に按摩として近づいたわけではない、いや、一年半以上も前から吉原に偽名で住み込んでいた牧造は、孫市に安易に近づくことをしなかった。そして、孫市がかなりの金子を貯め込んでいることを確信した牧造は、大仕事の前に同業の按摩として接近した。ここからが牧造の用心深いところだ。大仕事をしたあと吉原から逃げ出すために、前々から吉原に隠れ家を確保して、別の男衆として暮らしてきたのだ。按摩のふりして孫市に近づき、殺したとしよう。そして、前々から吉原で暮らしてきた者として吉原を逃げ出すのです」

「えらく面倒なことを牧造は考えたもんですね」

「牧造が一人《いちにん》で二役を演じているのは、これまでの生き方でもはっきりしている。軽い罪を認めて重罪は知らぬふりをする。これもまた牧造の一人二役ではござらぬか」

「そなたの考えが分かったぞ」

桑平同心が声を張って応えた。

「牧造は、最後の悪さの舞台に吉原を選び、その仕度を二年ほど前から始めていた。そして、吉原に潜った牧造にはふたつの顔があった。ひとり目の牧造は男衆としてこの吉原で暮らしを立ててきた。ふたり目の牧造は、按摩として最後の最後に孫市に近づき、一気に殺して懐の金子を奪う算段をした。そして、ほとぼりが冷めたころ、悠々と吉原を引き払う企てであったか」

桑平同心の推測に幹次郎が頷いた。

「ちょっと待ってくださいよ。となると殺された孫市は、牧造と知り合いであったので、それとも知り合いではなかったので」

「番方、名乗り合った時節は浅いが知り合いであったような気がする。小頭、牧造は孫市の動きを見張るため、孫市の揚屋町の住まいからさほど遠くない場所にねぐらを置いていたはずだ。そいつを頭に入れて、牧造の隠れ家を探してくれぬか。こやつ、孫市をひと思いに殺した手口といい、危険きわまりない男であろう。用心してくれ」

幹次郎が願い、険しい顔で長吉らが頷いて表に飛び出していった。

牧造は小舟を山谷堀に入れて泊めた。

江戸の内海に泊めた千石船と横川の船問屋を往来する伝馬《てんま》だが、肥前長崎《ひぜんながさき》から来た千石船のそれを半年前に盗み、浅草今戸町の岸辺に舫って隠して、時折使っていた。

牧造は三年ほど前、吉原の仲之町裏にある喜《き》の字屋《じや》の魚方として口入屋を通して正太郎《しょうたろう》の名で奉公した。

喜の字屋とは仕出し料理の注文を受けて、台《だい》の物《もの》と呼ばれる大きな膳に盛りつけして妓楼などに届ける商いだ。台屋《だいや》ともいう。喜の字屋の名はこの仕出し商売に小田原《おだわら》の出の喜右衛門《きえもん》が初めて成功したことに端を発する。

元来手先が器用な正太郎だ。惣録屋敷を追い出されたあと、鰻《うなぎ》屋や魚屋で働き、魚の捌き方を覚えていた。

吉原で最後の大仕事をしようと決めた一年八月前、正太郎は最初の喜の字屋を辞め、廓内に仕込み場を持ち、同時に五十間道裏に店を持つ喜の字屋の新入りの店、小田原屋芳兵衛《よしべえ》の魚方として勤め始めた。そのうち、雑用方から瞬《また》く間に仕入れ方に転じた。

仕入れ方は、日本橋の魚河岸に魚の仕入れに行くために朝早く店を出る。ために夜の仕出し注文が終わる頃合には五十間道の店に戻り、魚河岸《うおがし》で仕入れた魚の下拵えをして廓内の店に届ける。小田原屋が廓内と五十間道のふたつの店に分かれているために、ねじり鉢巻きに小田原屋の半纏を着た男衆が朝から夜と大門を往来するのは、当たり前の風景として面番所にも吉原会所にも周知されていた。

正太郎は、小田原屋の仕入れ方になって店に縛られることなく勝手に動き回れるようになった。小田原屋では、廓内の店で働く料理人のために揚屋町裏に二畳一間が三つ並んだ長屋を持っていて、正太郎こと牧造も半年ほど前にこの長屋のひとつに住むことを許された。古手の料理人が心ノ臓の病で亡くなり、そのあとに正太郎が入ることになったのだ。

吉原での勤めが整ったとき、正太郎は自分と同じように惣録屋敷に奉公していた孫市の貯め込んだ金子を奪う算段を始めていた。


この夜、正太郎こと牧造は、小田原屋の魚の仕入れ方の形《なり》で大門を潜って自分の住まいに立ち寄った。大きな空の台をいくつも重ねて頭の上に載せてのことだ。

「御免よ、頭に台を重ねて載せてますんでね、ぶつからないでくださいよ」

四つ前のことだった。

第五章　喜の字屋の正太郎

一

喜の字屋の仕入れ方、正太郎が大門外の店から空の台を五つ重ねて廓内にある小田原屋芳兵衛の店に運んできた。

「ちょうどよかった、注文が入ってね、台が足りなかったところだよ」

料理人頭の桑吉《そうきち》が正太郎に声をかけた。

「親方、手ぶらで大門を潜るのも無駄だからね」

頭に重ねていた台を下ろした。

台とは脚付きの大きな膳だ。見栄と虚栄の吉原では、遊女の座敷に届けられる仕出し料理は、お造り、焼き鯛《だい》、煮物、硯蓋《すずりぶた》と呼ばれるかまぼこなどの口取り

の四種が定番で、この料理膳を、

「台の物」

と称した。

値は一分、ただ今のそれに換算すると二万円前後か。

遊女のねだりで台の物を取ることは客が見栄を張るための費消《ひしょう》であり、それだけにいい顔ができた。

喜の字屋も妓楼も、吉原の客が料理を賞味しに大門を潜ったのではないことを重々承知していた。惚《ほ》れた遊女の手前、注文した台の物だ、見てくれがよければそれでよしとした。また客は、かたちばかり台の物に箸をつけるのを通《つう》の客、上客とした。

台の物の残り料理は、遊女たちの三度の飯の菜になった。ゆえに客が最初からぱくついて平《たい》らげるものではなかったのだ。

小田原屋芳兵衛方は、新興の喜の字屋だけに一分を楼に請求できなかった。楼は客にむろん一分を付けたが、楼が小田原屋に支払うのは半値の二朱であった。楼ときに大見世では支払いを半年先に固めさせ、その上で一、二割の値引きを要求した。

吉原の新興の喜の字屋の弱みだった。

それだけに小田原屋の台の物の焼きものの鯛や硯蓋は、かたちの悪い魚やかまぼこが盛りつけられていた。

小田原屋の台の物は、いささか見場は悪いがどんな無理な注文も受けるという評判で成り立っていたのである。

小田原屋に奉公した正太郎こと牧造が半年もしないうちに仕入れ方を務めているのは、給金がまともに支払われない小田原屋に嫌気《いやけ》が差して直ぐに辞める奉公人が次から次へといたからだ。

だが、正太郎が仕入れ方に昇格したかった事情はいささか違う。正太郎は小田原屋の給金を当てにしていたわけではない。吉原の妓楼のどこにでも出入りできる「看板」が欲しかっただけだ。

正太郎は、小田原屋に勤めながら吉原の妓楼や引手茶屋に顔を広げ、これまで五度ほど人のいない帳場に入り、銭箱《ぜにばこ》の金子や預かった客の財布の中から都合十七両ほどを盗んでいた。

最後の大仕事が孫市の懐の所持金、少なく見積もっても三、四十両を奪い取れるはずだった。だが、最後の大ばくちが外れた上に、尻に火がついた。

ものもあった」

「正太郎、二、三日前の鯛な、かたちが揃ってなかったぜ、それに尻尾が切れたものもあった」

「親方、無理は言いっこなしだ。魚河岸では、一番値の安い鯛をわざわざ選んで取っておいてくれるんだよ。一尾いくらで値がつくんじゃない、箱ごといくらの品だ。かたちが揃ってなかったり、傷物であったりしても致し方ないよ」

「まあな。だがよ、かたちの悪い鯛をかたちよく誤魔化すのは大変なんだぜ」

「そこが親方の腕さね」

と応じた正太郎は、明日の注文表を書き写し、

「親方、明日昼前には、少しましな造り用の魚と鯛を届けるよ」

と言い残し店を出ると、空の台をひとつだけ手に提げて長屋に戻ろうとした。

手にした空の台は、喜の字屋の奉公人の証し、隠れ蓑《みの》だった。

正太郎が小田原屋に奉公して半年もしないうちに仕入れ方の安吉《やすきち》父つぁんが急死した。そこでなんと奉公半年の正太郎こと牧造が仕入れ方に就いた。仕入れ方のいいところは、魚河岸通いなどでだれにも監視されずに仕事ができることだった。

「うむ」

蜘蛛道の入り口に吉原会所の若い衆の姿が見え、蜘蛛道に客が入ってきて小便などしないように見張る女衆と話をしていた。

正太郎は蜘蛛道の暗がりを利用しながら近づいた。

「おい、おまつさんよ、近ごろ外から新顔の按摩が吉原に入り込んでいるそうだが、今晩見なかったか」

会所の若い衆の井蔵《いぞう》の声がした。

「按摩なんぞ何人も通るよ。どれが新顔か古手か分かるものか」

おまつが答え、

「孫市殺しはまさか按摩仲間というんじゃないよね」

と井蔵に尋ねた。

「ここだけの内緒の話だがよ、孫市の顔見知りが殺したってことも考えられるんだよ。野郎、孫市の住まいも家探ししてやがる」

「へえ、按摩を按摩が殺したとはね。目が見えない同士がよくもそんなことできるね」

「片方の按摩は孫市が懐に大金を貯め込んでいると思い込んで必死だ。それによ、この按摩、目が見える按摩かもしれないんだ」

「孫市もひどい野郎に狙われたもんだね」

「ああ、だがよ、半端野郎でさ、孫市の懐の包金は拵えものなんだよ」

「えっ、あの噂は間違いだったのか」

「ああ、孫市は深川に一文菓子屋を買ってよ、そこに近々引っ込むつもりだったんだよ。小さいながら二階建ての家でよ、階下で知り合いの婆さんに一文菓子屋をやらせながら、自分は川向こうで按摩を続けるつもりだったんだ。そいつを間抜けな野郎が勘違いして孫市を殺めやがった」

「人ひとりを殺せば獄門だろ。なんとも間抜けな野郎だね」

「うちの神守幹次郎様の眼力はなかなかのものだ、そんなに容易く騙せるものか。孫市を殺した刃物が天女池に投げ捨てられていると推量したのは神守様でよ、池浚いして探したのがうちの金次だ」

「ふーん、おまえらが池浚いね」

そんなやり取りを今晩二度も正太郎こと牧造は聞かされる羽目になった。

(そうか、海辺大工町の一文菓子屋は孫市のものだったのか)

もはや按摩に化けることはできないと思った。ひょっとしたら小田原屋へ手が回るのも時間の問題か。

（となれば、一刻も早くこれまで盗み貯めた金を持って吉原を逃げ出すことだ）

牧造は、蜘蛛道を後ずさりしながら、

（会所の裏同心なんてのに収まり返っている野郎をどうしたものか、許せねえ）

と思った。


吉原会所では長吉が仙右衛門に話しかけたところだった。傍らには幹次郎もいた。

「海辺大工町は今のところ変わりないそうですぜ」

「変わりないのはなによりだ。話を蒸し返すようだが、野郎、間違いなく吉原の住人ですよね」

「ああ、吉原の事情に通じた者のような気がする」

仙右衛門の視線が幹次郎に向けられた。

「どこかに見落としがあったか」

と思案する幹次郎の耳に、

「最前さ、喜の字屋の奉公人を大門で見かけたが、あいつもここ数年うちに小田原屋で働き始めた野郎じゃなかったか」

と井蔵の言葉が聞こえ、宗吉が、

「あいつよ、空の台を何枚も重ねて大門を潜ってきたが、鬢付け油の匂いなんぞさせやがってよ。気障《きざ》な野郎だぜ。料理に髪油の匂いが移るじゃないか」

「宗吉、吉原で台の物を取る客が料理なんぞ味わっているものか。ありゃ、客に金を使わせる道具だ。あとは女衆の腹の中におさまる代物だよ」

と長吉が答えていた。

「小田原屋の料理は、まずいと評判だものな」

宗吉が答えたのを幹次郎が睨んだ。

「神守様、おれ、なにか悪いこと言ったか」

「宗吉、喜の字屋の奉公人に鬢付け油をつけておる者がいるのか」

「へえ、小田原屋の正太郎ですよ。あの喜の字屋は廓の中と五十間道裏の二か所に店が分かれてまさあ。だからよ、空の台の物なんぞを持って奉公人が大門をいつも出入りしますぜ」

「そやつ、年のころはいくつだ」

「三十一、二かね」

「金次、そやつと会おう。小田原屋に案内せよ」

幹次郎が刀を掴むと立ち上がった。

「神守様、小田原屋の仕入れ方が牧造と言われるんで」

「前にも申したと思うが、孫市の骸が転がっていた蜘蛛道の路地奥で、それがしが骸を持ち上げたとき、鬢付け油の香りが一瞬したように思えたのだ。だが、孫市が豆腐油揚を食しながら天女池のほとりに出たことをあとで知らされ、鬢付け油ではなく豆腐油揚の匂いだったかと思い直したのだが、やはりあれは鬢付け油の香りだったのではないか」

「神守様、小田原屋だ」

会所から飛び出した。

喜の字屋の小田原屋は揚屋町裏にあった。奥に向かうと大八親方の豆腐屋、そして、孫市の住まいも近かった。

「御免よ、忙しい時分に邪魔してよ」

仙右衛門が声をかけて小田原屋の仕込み場に足を踏み入れた。

土間と板の間、精々六坪ほどの広さだ。板の間にはふたつほど作りかけの台の物があって、煮物を盛りつければ完成するばかりになっていた。

「おや、会所の仙右衛門さんか、裏同心の旦那もいっしょかえ」

料理人頭の桑吉が丸坊主の大顔を向けた。頭にはねじり鉢巻きをしているので まるで蛸《たこ》坊主だ。

「桑吉さんよ、仕入れ方の正太郎さんによ、ちょいと訊きたいことがあるんだが な」

「正太郎に？　最前まで空の台なんぞ持って顔を見せていましたが、あいつ、仕入れ方だ。朝が早いからもう寝たのじゃありませんかね」

「あいつは小田原屋にどのくらい前からの奉公かな。こないだ会所で一年半から二年前に吉原に入った奉公人を調べたが、そこには入っていなかった」

「へえ、あいつが小田原屋に来たのは一年八月前ですがね、その前は別の店にいたから、吉原に入った新入りとしては人別から外れていたんだろう。前の仕入れ方の父つぁんがぽっくりと亡くなり、なにごとも器用な正太郎が跡継ぎになった。まあね、うちの仕入れは大きな声では言えないが、半端物の仕入れだ。叩けるだけ叩いて買うのが仕事のコツといえばコツだ。魚河岸の連中と渡り合えるならばだれでもいいのさ」

「正太郎は鬢付け油を使うかえ」

「番方、よう承知だね。あいつね、頭の毛が薄いんだよ。それで最近ではおれを真似て丸坊主にしてやがる。だが、魚河岸なんぞに丸坊主は似合うまい。ふだんはよ、鬘《かつら》を被っているんだが、なぜか鬘からいつも鬢付け油が臭うんだよ。うちは食いもの屋なのによ」

と桑吉がぼやいた。

「野郎、坊主頭か」

「器用な野郎と言ったろ。自分でよ、頭を剃刀《かみそり》で剃り上げるのさ。それにあいつ、揉み療治だってなかなかの腕前だぜ。おりゃ、喜の字屋の仕入れ方なんぞしないで、按摩になれって言ったくらいだ」

と言った桑吉が、

「そういえば按摩の孫市さんが殺されたってな」

「その晩のことだが、正太郎はどうしていたえ」

「三日前の晩か、木枯らしが吹いていたな。あいつ、五つ時分までうだうだここにいたぜ。そんで寝に戻ったはずだ」

と答えた桑吉が、

「まさか」

と言うと仕込み場の一角の板壁を見た。

「あやつのねぐらはどこだえ」

桑吉は顎で板壁の向こうを指した。

「仕込み場の裏にねぐらがあったか」

「局見世同様と言いたいが、もっと細長い鰻の寝床がわっしらのねぐらだよ。路地を回り込んだ裏手に三つ狭い障子戸が並んでいらあ。一番奥があいつのねぐらだ。板壁叩いて呼ぼうか」

「いや、いい」

と声を潜めた仙右衛門が、

「こっちの話し声は向こうに筒抜けか」

「薄くても板壁は一応別々だからよ。聞こうと思わなきゃあ耳に届くまいよ」

と桑吉が言った。

仙右衛門と大刀を抜いて手にした幹次郎は金次を従えいったん小田原屋の仕込み場を出て、横になってしか進めない路地奥へと向かった。

局見世をさらに雑にした造りの戸が三つ並んで、奥の障子が灯りにぼうっと浮かんでいた。

「野郎、いますね」

仙右衛門が言い、奥へと進んだ。

灯りの入った障子を通り過ぎた仙右衛門がその奥に幅一尺ほどの抜け道があるのを確かめた。

吉原の裏表に通暁《つうぎょう》しているはずの仙右衛門も知らない抜け道だった。

幹次郎は、大刀を長屋の戸口に立てかけ、脇差の鯉口を切った。

仙右衛門が、御免よ、と声をかけ、障子を引き開けた。

だが、鰻の寝床にはだれの気配もない。敷きっ放しの布団の上に香炉が転がり、中の灰がこぼれ落ちていた。有明《ありあけ》行灯がそんな狭い部屋の様子をなんとか浮かび上がらせていた。

「野郎、おれたちの動きを察して逃げやがったか」

「その香炉、質屋の鈴木屋方から盗まれたものではないか」

「どうやらそのようでございますね」

「香炉の灰の中に、貯めていた金子を隠していたのではないか」

「よし、神守様、ここで待っていておくんなせえ。大門口から正太郎が、いやさ、牧造が逃げ出したかどうか調べてきます」

言い残した仙右衛門が小田原屋の奉公人の長屋、鰻の寝床を飛び出していった。

金次も番方に従った。

ひとり残った幹次郎が転がった香炉を手にしてみると、香炉の底に小判が一枚と小粒が三枚残っているのが見えた。

牧造は、吉原会所が孫市殺しの下手人を廓内の住人と見込みをつけて追っていることをすでに承知していた。そこでいったん吉原に戻った牧造は小田原屋の仕込み場に様子を窺いに立ち寄ってみた。だが、仕込み場には未だ牧造について会所からの問い合わせはなかった。そこで安心してねぐらに戻った。

しかし、牧造が仕込み場を去った直後に番方と幹次郎が仕込み場を訪れたことを、牧造は、二枚の薄い板壁を通して察したのではないか、そこで隠し持っていた持ち金を慌てて出して逃げ出した、と幹次郎は推測した。

となると、もはや大門の外に逃げ出している可能性が大きかった。

どうしたものか。

幹次郎は狭い鰻の寝床を見回した。

牧造は、どこに持ち物を置いていたのか。隠し戸棚や押し入れなどない。要は二枚の畳が縦に敷かれているだけの空間だった。

香炉はどこに置いてあったのか。

幹次郎は立ち上がると、鰻の寝床を睨み回して大刀を摑み、狭い二畳間に持ち込んだ。ふと思いついて敷かれっ放しの夜具を奥から入り口側へと引きずった。

すると、奥の畳の一部が浮き上がっているように思えた。

大刀の小柄《こづか》を抜いて奥の畳に差し込み、持ち上げてみた。畳を夜具の上に移し、床板をめくると、手造りの収納場所が現われた。

遊女のものであろう櫛《くし》笄《こうがい》、客の持ち物の煙草入れ、財布、匕首などがきれいに保管されていた。これらのものは、この一年余の間に吉原界隈で盗まれた品だろう。その上、風呂敷包みには総髪《そうはつ》の鬘が残されて、鬢付け油の香りがした。

牧造が持ち逃げしたのは、盗み貯めた金子のみか。

鰻の寝床に人の気配がして、仙右衛門と金次が姿を見せた。

「小田原屋の仕入れ方の正太郎こと牧造ですがね、この四半刻の間に大門を抜けた様子はないと、小頭らが言うのですよ」

「となると、未だ廓の中に潜んでいるということか」

と応じた幹次郎に近寄った仙右衛門と金次が手造りの隠し蔵を覗き込み、

「あやつ、ここ一年余の廓の中の盗人か」

「どうやらそのようだな。この盗品の具合から察するに盗まれた折り、会所に届けを出しておらぬ妓楼もありそうだ」

幹次郎が香炉から取り出し損ねた小判一枚小粒三枚をふたりに見せた。

「牧造め、大門外に出ていないとすると、どこに潜んでおるのだ」

「小田原屋の鰻の寝床の他の部屋ですか」

「孫市の長屋とも考えられる」

金次と仙右衛門が答えた。

「神守様、番方、あいつ、盗み貯めた金品を忘れられずにまた戻ってくるんじゃありませんかね」

金次が言った。

「狭い路地奥の鰻の寝床に戻れば、われらが待ち受けていることを承知であろう。それよりも考えられることがある」

「なんですね」

仙右衛門が問い返した。

「牧造のことだ、廓の中にふたつ目の隠れ家を設けているような気がする。あやつ、名を変え、形《なり》を変え、鬘で顔つきまで変装してきた男だ。もうひとつ二つ隠れ家を廓の中に設けているのではないか」

「この吉原にですかえ」

「二万七百余坪、狭いようで広い」

「だけど、野郎、腹も空きましょう、厠で用足しもしたくなりましょう。人と会わずに暮らしができるもんですかね」

「番方、牧造は必死だ。息を潜めて何日か姿を隠し、酉の市の賑わいの日まで待って吉原の外に出ることも考えられる」

「酉の市か、一の酉は三日後ですぜ。厄介な野郎ですね」

「あやつをおびき出す思案をしなくてはなるまいな」

幹次郎が呟いた。

二

喜の字屋小田原屋の仕入れ方正太郎の身分を捨てた牧造は、京町二丁目裏の、

「履物《はきもの》屋の常《つね》爺」

のところに貧乏徳利を手に姿を見せた。

常爺は、局女郎の鼻緒《はなお》が緩んだ草履から、太夫が外八文字《そとはちもんじ》を鮮やかに踏み、花

魁道中を務める折りに履く塗下駄までを手入れするのが仕事だ。

　牧造が常爺と知り合ったのは偶然だ。

　八月も前のことだ。

　京二の蜘蛛道に紛れ込んだとき、細く戸が開けられた仕事場で花魁の塗下駄を手入れする姿を見て、思わず声をかけた。

「吉原にはいろんな仕事があるんだな。話には聞いていたが初めて見たよ」

　常爺がじろりと牧造を見た。だが、なにも言わなかった。仕事場から酒の匂いが漂ってきた。そして、独り者の暮らしに付きものの異臭も混じっていた。

「花魁の粋と張りは衣装だけじゃないよな、足元だ。その手入れをする父つぁんは幸せ者だ」

　そのときは、言葉を残してその場を去った。だが、その夜、角樽《つのだる》を手に、

「父つぁん、最前仕事の邪魔をした詫びだ」

　仕事の後片づけをしていた常爺に角樽を差し出した。

「なんだ、てめえは」

「父つぁんの仕事に関心を持った野郎よ。話を聞かせてくんないか」

　常爺は黙って角樽を提げた牧造を見て言った。

「なんぞ魂胆があるんならお門違《かどちが》いだ。おりゃ、稼ぐだけの銭が酒に消えていく。てめえに貸す銭なんてねえよ」

「冗談は言いっこなしだ。花魁の履物の手入れをする仕事と父つぁんの腕に惚れたんだ」

「ふーん」

と鼻で笑われたとき、牧造はすでに常爺の仕事場と住まいを兼ねた長屋に入り込んでいた。

三畳ほどの広さの板の間に仕事場、傍らに狭い台所、奥に四畳半の畳の間。そして、上げられた梯子段が見えて中二階がある、

「なかなかの住まい」

と牧造は見て取っていた。酒を絶やすことがない常爺が梯子を下げて中二階に上がり込むことなどないはずだ、と牧造は一瞬で見抜いていた。

茶碗をふたつ懐から出し、常爺の膝の前に置いた。

「まあ、お近づきの印だ」

牧造は角樽の栓《せん》を抜いて、とくとくとくと音を響かせて茶碗に注いだ。大きな湯飲み茶碗に八分目まで注いで、常爺の前に差し出した。

じいっ、と茶碗を見ていた常爺が舌なめずりした。

「いいのか」

「そのために提げてきた。おりゃ、職人仕事が好きだ」

ぐいっ、と手が伸びて湯飲み茶碗を摑むと、口に持っていき、喉を鳴らして半分ほどを呑んだ。

ふうっ、と柿が熟したような息をした常爺が、

「さっきから酒っ気が切れていたんだ。美味い酒だぜ」

「よかったよ」

「おめえ、何者だ」

「喜の字屋の奉公人だ」

「なに、喜の字屋だと、どこだ」

「小田原屋」

「台の物が他所《よそ》の半値でしか注文が取れない安物の喜の字屋だな」

「そういうことだ。代々の商いの吉原に新しい小田原屋が食い込むのは容易いこっちゃねえ。常爺は爺さんの代からの履物の直し屋だってな、鞍替《くらが》えしたいぜ」

「銭にはならねえ」

「銭なんていいんだよ。花魁の匂いの染みた仕事がしてえや」

「ふーん、てめえ、変わり者だな」

常爺は残った酒を呑み干した。すかさず牧造が湯飲み茶碗に新たに酒を注ぎ、己の茶碗にも半分ほど注いだ。

「おめえ、手先が器用か。そこにある下駄の鼻緒を替えてみな」

と常爺が言った。

「鼻緒なんぞお茶の子さいさいだ」

牧造が禿の履く下駄の鼻緒のすげ替えをした。その出来を見た常爺が、

「まああだな」

と満足げに漏らした。

それを機会に牧造は六、七日に一度の割で常爺の仕事場と住まいを兼ねた長屋を訪ねていった。必ず酒を持参した、ときには喜の字屋の食いものを重箱《じゅうばこ》に詰めて持っていった。

そんなことが二、三月繰り返され、いつしか中二階で泊まっていくこともあり、常爺は牧造の名さえ知らずにいつの間にか出入りを許していた。

常爺の仕事場には朝の間に遊女の履物を持った妓楼の男衆がやってきた。

その刻限には、もはや牧造は魚河岸に仕入れに行き、客と顔を合わせることはない。

だが、一度だけ牧造が中二階にいたとき、見番所属の幇間《ほうかん》が姿を見せて芸者の履物の手入れを願った。そのとき、

「おや、常爺の仕事場に鬢付け油たあ、どういうことだ。花魁が直《じか》に履物を持ってきたか」

「馬鹿を言え、鬢付け油の匂いが漂うって。ああ、おれの知り合いの半端者の鬢付け油だな」

と常爺が答えたのを聞いて牧造はひやりとしたことがあった。

この夜、小田原屋の鰻の寝床を逃げ出した牧造は、蜘蛛道を伝って仲之町に出ると人込みに紛れて表通りを突っ切り、常爺のところに姿を見せた。

「常爺、酒だ」

と予てから用意していた貧乏徳利を出すと、

「待っていたぜ」

常爺が貧乏徳利を引《ひ》っ手繰《たく》った。

「今晩は泊めてもらうぜ。明日は魚河岸の仕入れはねえからよ、おれもとことん呑むぜ」

「ああ、好きにしな」

牧造は、常爺の中二階で息を潜め、大門の警戒が緩むのをひたすら待つことにした。

吉原会所では幹次郎らが牧造を廓内に追っていたが、小田原屋の鰻の寝床を抜け出たあと、杳《よう》としてその姿を行方《ゆくえ》は知れなかった。

ひと晩が過ぎて朝が来た。

幹次郎は会所に泊まりそのときに備えていたが、牧造は行方を絶った。

「神守様よ、あやつ、やっぱり別のねぐらを持っているぜ」

「と、申しても吉原に宿屋はない。牧造の名と風体は廓じゅうに知らせてある。あやつがどこぞに立ち寄れば、必ず引っかかるはずだがな」

幹次郎の言葉に金次が、

「孫市の住まいにも鰻の寝床にも戻った様子はございませんよ」

「ふたつ目、あるいは三つ目のねぐらを牧造のやつ、用意していたのだ。大門を昨夜のうちに出てない以上、必ず廓内にいる」

と幹次郎は応じて、

「女のところかね」

長吉が呟いた。

ともあれ客商売の吉原だ、なんの証しもないのに派手に手入れをするわけにもいかなかった。

「息を潜めていても腹も空けば小便もしたくなる。必ずあやつの痕跡が見つかるはずだ」

仙右衛門が言い、蜘蛛道に暮らす吉原の住人に改めて問いつめるように長吉らに命じた。

ゆっくりと時が流れていく。

京二裏の常爺は、中二階に牧造がいることなど忘れて仕事を始めた。

いつものようにいつもの暮らしの時が過ぎていく。

京一の三浦屋から薄墨太夫の履物を男衆が持ってきたのは、昼見世の最中だ。

「急ぎか」

「薄墨太夫は何足も履物をお持ちだ。明後日までに手入れしてくれればいいよ」

「ならば今日中に塗り直してひと晩乾かすよ」

と常爺が言い、男衆が帰っていった。

(ほう薄墨太夫ね、あの会所の裏同心と口づけなんぞしていやがったな)

牧造は中二階で息を潜めていたが、尿瓶《しびん》代わりに持ち込んだ花瓶に小便をして花瓶を狭い部屋の隅に置いた。

(酉の市まであと二日か)

それまで常爺の中二階で暮らせるか。そのためには酒を切らさないようにしておかねば、と牧造は思った。

常爺が素面《しらふ》に戻れば、中二階に潜む牧造のことを思い出し、履物の手入れを頼みに来た男衆などに居候《いそうろう》の存在が伝わるかもしれなかった。

(今夕《こんせき》までは貧乏徳利に酒が残っているはずだ)

牧造はそう勘定し、夜見世が始まったら酒を買いに行かずばなるまいと思った。

吉原会所に芸妓《げいぎ》を束ねる見番の二代目頭取の小吉が姿を見せた。

小吉は水道尻にある番小屋の番太《ばんた》から見番の二代目になった男だ。その異例の出世は、小吉の履歴《りれき》を知る四郎兵衛の決断でなされた。

芸者見番の初代の大黒屋正六《だいこくやしょうろく》は、御三卿一橋治済《ごさんきょうひとつばしはるさだ》を後ろ盾に吉原の乗っ取りを図った。だが、その企てを四郎兵衛自らが正六を始末して阻止《そし》した。そして、もはや吉原に必要欠くべからざる芸者見番の跡継ぎに、その昔、義太夫《ぎだゆう》の名手と評判だった小吉を抜擢《ばってき》した。若くして名を上げた小吉は酒と女に身を持ち崩して、吉原の番小屋の番太として過ごしていた。そのことを承知しての四郎兵衛の指名だった。

「おや、義太夫の小吉父つぁん、珍しいな」

仙右衛門が受けた。

「神守様よ」

と小吉が幹次郎を見た。

「どうしなさった、親方」

「この前、孫市さんの代わりの按摩のことを話したな」

「聞いた」

「そんとき、言い忘れていたことを思い出したんだ。そいつさ、いつも鬢付け油の匂いをさせてんだと」

「なに、孫市に近づいてきた男が鬢付け油の匂いをさせていたか」

幹次郎の問いに小吉が顔を縦に振った。

「吉原ってとこは美姫三千と言われる天下御免の遊里だ。花魁が鬢付け油の香りをさせていても不思議じゃない」

「ないな。おまえさんの配下の芸者衆だって鬢付け油で髪を撫でつけるじゃないか」

仙右衛門が相槌《あいづち》を打った。

「ああ、芸者も花魁ほどではないが、それなりに身形《みなり》には気を遣う。だがよ、孫市さんは按摩だ。その代わりをしようというのが鬢付け油の匂いをさせてやがるんだ」

牧造が孫市と関わりがあった証しがまたひとつ現われた。

どこに潜んでいるか、それが問題だった。

「二代目、得がたい話だ」

「神守の旦那、話は未だ終わってねえよ」

「なに、まだあるのか」

仙右衛門が早く話せと催促するような眼差しで小吉を睨んだ。

「番方、おれっちのところの若い幇間がよ、女の下駄の直しに常爺のところを訪ねたと思いねえ。だいぶ前のことだ、半年以上も前かね」

「常爺って履物の直し屋の爺さんだな。いつも酒が手放せない年寄りだ」

仙右衛門が苛立った。

「番方よ、仕事はしっかりとしていらあ。腕には酒は回ってないし、まだ老け込んじゃいないよ」

「小吉親方、その常爺のところで幇間が鬢付け油の匂いを嗅いだというのか」

幹次郎は常爺の存在も知らなければ、履物の直し屋なる職があることも知らなかった。

「常爺は、鬢付け油をつけた野郎は知り合いだと答えたそうだ」

「男だな」

仙右衛門の問いの声音が緊張した。

「常爺の口ぶりでは男だったそうだぜ」

「その幇間を連れてこなかったのか」

「番方、座敷がかかっているんでよ、だからよ、おれが知らせに来た」

幹次郎と仙右衛門は顔を見合わせた。

梯子段を下りた牧造の懐には、これまで盗み貯めたなにがしかの金子と刃渡り六寸（約十八センチ）ほどの細身の包丁があった。

「父つぁん、酒を買ってこよう」

「なんだ、おまえ、二階にいたのか」

「昨日からいたに決まっているじゃないか。小田原屋を辞めようと思ってな、給金は安いしよ、潮時だ」

「ふーん」

狭い土間に下りた牧造が手拭いで頬被りをした。

「おめえに訊こうと思っていたことがあらあ」

「なんだ、爺さん。履物直しの弟子になれってか」

「鼻緒を挿げ替えるくらいだれでもできらあ。おれの仕事を甘くみるんじゃねえ」

「じゃあ、なんだ」

「おまえ、男が鬢付け油を使うのはなんのためだ」

牧造は、じろりと常爺を睨んだ。

「だれかに訊かれたか」

「ああ。以前に見番の若い衆が鬢付け油の匂いをここで嗅いでな、質されたからよ、知り合いがつけていると答えたぜ」

「くそっ！」

と叫んだ牧造が手にしていた貧乏徳利を土間に叩きつけた。

がちゃん

と鈍《にぶ》い音がして砕け散った。すると酒の香りと鬢付け油の匂いが混じって漂った。

「なにするんだよ」

「てめえ、ぶっ殺してやる」

牧造は形相《ぎようそう》を変え、懐から細身の包丁を抜いた。

「おまえは何者だ」

常爺は板の間の背後へと後ずさりした。

「知りてえか、爺さん」

「ああ、知りてえや。おれがなにをしたってんだよ。おれは親切におまえを泊めてやったぜ」

「宿代は酒で支払っている」

「ま、まさか」

「まさか、なんだ」

「おまえ、按摩の孫市を殺した野郎じゃあるまいな。会所がおめえを必死で探しているぜ。廓ん中で殺しをして娑婆《しゃば》に出られると思うか。小伝馬町の牢屋敷と同じだ。大門を閉じられたらお終《しま》いだよ」

牧造は細身の包丁を構え直した。

そのとき、蜘蛛道の遠くから足音が響いてきた。

「覚えてやがれ」

と捨て台詞《ぜりふ》を残した牧造は蜘蛛道に出るとさらに奥へと闇を伝って走り出した。

「常爺」

と吉原会所の番方の仙右衛門が飛び込んできたのは、その直後だ。あとに従っていた幹次郎は土間に砕け散った貧乏徳利を見た。

「どうしたえ」

「や、野郎が叩き割りやがった。おれが部屋まで貸してやったのによ」

と常爺が言った。

「野郎とはだれだ」

「喜の字屋の小田原屋の奉公人だ」

「牧造だ」

仙右衛門が吐き捨てた。

「いつから野郎はここに泊まっていた」

「昨晩からあの中二階で休んでやがったんだ。そんでよ、酒を買いに行くと言って出ていこうとしたとき、おれが鬢付け油のことを訊いたら、急に形相を変えやがった」

「そやつは按摩の孫市殺しの下手人だ」

「ああ、あいつが自分で認めやがったぜ。そんで会所がおめえを追っていると言ったら、あいつ、急に飛び出していったんだ」

「どっちだ」

「蜘蛛道の奥のほうだ」

「常爺、戸締まりをしてだれも入れるんじゃない」

と言い残した仙右衛門と幹次郎は蜘蛛道の奥へと走り出した。

三

牧造は蜘蛛道の暗がりを伝いながら、

(もはやねぐらは使い果たした)

と考えていた。一の酉まであと二日、どこぞに隠れ潜むところはないものか、思案した。

不意に立ち止まった。

あるとしたら主を失ったあそこしかあるまい。吉原会所の若い衆が見張りにいなければ、孫市の住まいに隠れるか。

牧造は島新の蜘蛛道から一本西に走る蜘蛛道へ入り込み、その途中から長屋と長屋の間をどぶが流れる幅一尺の猫道に入り込んだ。それを伝えば孫市の住まいの裏へと出た。しばらく板壁の向こうの気配を探った。だが、人の気配はしなかった。

牧造は最後の最後のときのために開けておいた板壁二枚を外し、孫市の住まいの床下へと入り込んだ。床下には筵が何枚かとぼろ布団が隠されていた。

気持ちが落ち着いた。真っ暗な中で思案に落ちた。

二日待って酉の市の賑わいの最中に吉原を抜け出すか、一刻も早く大門を抜ける策を考えるか、ふたつに一つしかない。

安全な手立ては一の酉を待つことだ。ふだんは開かれない裏門が開かれ跳ね橋が下ろされて、吉原に用もない男女が鷲神社への「参道」として大勢吉原に入り込むのだ。

女が勝手に入り込めるということで遊女の足抜がよく発生した。

吉原会所の警戒は女の出入りに注がれている。ごった返した最中に吉原会所もてんてこ舞い、とても男の牧造に注意を注ぐことなどできまい。

(よし、あと二日、この最後の隠れ家で辛抱する)

牧造は肚《はら》を固め、寒さを凌《しの》ぐために筵の上でぼろ布団に包《くる》まった。

どれほどの時が過ぎたか。

いつの間にか眠り込んでいた。

寒さで目が覚めた。すると暗がりの頭上に人の気配がした。

「番方の見立ては当たらずだな。いくら野郎の肝《きも》っ玉《たま》が大きいか知らねえが、己が殺した孫市の住まいに戻って潜り込むなんてことはできないよ」

若い声が仲間に話しかけるのが聞こえた。

会所の若い衆だ、牧造は息を殺した。

「兄い、牧造って野郎、大門の外に出ていないかえ。履物直しの常爺のところを逃げ出してよ、一刻半は過ぎたぜ」

「いや、あいつは明後日の一の酉の混雑を待っているはずだ。あの宵の賑わいは半端じゃないもんな」

「もしあいつが廓内にいるんなら、神守様はなんとしてもあいつを誘《おび》き出すぜ。神守様は会所の軍師《ぐんし》だ、なんぞ手を打ちなさるさ」

「とはいえ、そろそろ引け四つだよな。今晩は吉原に雪隠詰《せっちん》めだ」

「ともかくうちの裏同心を甘くみてやがる。牧造って野郎はよ」

「それにしても間抜けだよな。孫市は深川の海辺大工町に一文菓子屋を買い求めてよ、吉原で稼いだ金子はもはや七両三分しかなかったのによ、牧造め、孫市を襲いやがった。これで獄門台は決まりだな」

牧造は、偶然目撃した吉原会所の裏同心神守幹次郎と薄墨太夫が唇を合わせた光景を思い出していた。

（いくら信頼の厚い裏同心とはいえ、会所にも三浦屋にも許されない行いだ）

なんぞこいつを使えないか、闇の中で思案した。

こんな刻限に薄墨太夫に連絡《つなぎ》をつける手は考えられなかった。無性に吉原会所の用心棒侍の神守幹次郎に憎しみが湧いてきた。

自分は汀女という女房持ちでありながら、吉原一の花魁の間夫《まぶ》になった気でいる。それに吉原会所の頭取の絶大な信頼があるとの評判だ、それが証しに浅草田町の寺町に小体な家を贈られたとか。

(いい気なものだぜ)

どうしたものか、腹の虫が収まらない。なにか会所の裏同心を出し抜く手立てはないか。

新たに別の人の気配がした。

「おらぬか、遼太」

「神守様、いませんぜ」

「あやつ、未だわれらの知らぬ隠れ家を持っているのであろうか」

と幹次郎が漏らす声がして、牧造は恐怖に怯えた。

そのとき、遠くから、

ぴーい

と按摩の笛の音がして、

「鍼灸はらとりおうかがーい」

という按摩の呼び声が聞こえた。

「まさか按摩に変装しているということはねえよな」

「あの声は吉原の外に住む按摩の才香《さいか》ですぜ」

と若い声が言い合い、確かめるかとふたりが去った気配があった。

神守幹次郎は独り孫市の住まいの前に残っていた。なにか闇を通して牧造を探す気配が感じられた。

牧造は恐怖に震えて待った。

(畜生、野郎に思い知らせる方法はないか)

気配が消えた。

ふと考えが浮かんだ。

蜘蛛道で待ち伏せすれば勝ち目はあるのではないか。懐には研ぎ上げた細身の包丁がある。孫市と同じく後ろから近づいて首を絞め、一気に細身の刃をあやつの心ノ臓に突っ込むまでだ。

そのあと、騒ぎに乗じて大門から逃げ出すか。按摩の形《なり》をしていれば手薄になった大門から外へと逃げ出せよう、と思った。

だが、吉原会所の裏同心は、剣術の腕利きだ。

(危ない橋は渡れない)

と思い直した。

廓の様子だけでも確かめるか、と牧造は手拭いで坊主頭を拭った。床上の気配を窺った。

森閑《しんかん》としていた。だれもいる様子はない。

隅に這っていき、床板を外すと畳をそっと押し上げて、闇の孫市の住まいを見回した。孫市の着替えの入った風呂敷が部屋の隅の夜具の傍らにいくつかあるのを覚えていた。部屋に上がり、衣類を包んだ包みひとつと土間にあった杖を手にして、ふたたび床下に潜り込み、畳を下ろして部屋の佇まいを戻した。

床下で孫市の綿入れに着替えて按摩の姿になり、懐に吉原で盗み貯めた金子と手拭いで包んだ細身の包丁を差し込み、板壁をずらすと猫道に出た。

ああ、そうだと思いついて、今一度床下に潜り込み、寝床に使っていた筵を二枚丸めて持ち出した。それを小脇に、どぶが流れる猫道から体を横にして抜けて蜘蛛道に出た。

引け四つの拍子木が鳴るまで四半刻とあるまい。なにか廓内の人の注意をそらす策はないか。

牧造の目にちらりと灯りが見えた。

西河岸《にしがし》（浄念河岸《じようねん》）のたそや行灯の灯りだ。

牧造は全神経を尖《とが》らせて蜘蛛道を西河岸にある開運《かいうん》稲荷へと向かった。さすがに廓の西に当たる開運稲荷に人影はない。

たそや行灯がかすかな灯りを投げているだけだ。

牧造は開運稲荷の赤い鳥居を潜ると暗がりに座り込んで、懐の包丁で筵の一枚を切り裂き、もう一枚を丸めてその間に切り裂いた筵くずを入れた。そして、筵片を手にたそや行灯の火を移すと、切り裂いた筵くずに差し込んだ。

風のない夜だった。

牧造がふうっと息を吹きかけると炎が上がった。

よし、胸の中で気合を入れ、杖を突きながら西河岸から京町一丁目の木戸を確かめ、西河岸を榎本《えのもと》稲荷の方角へと歩いていった。

背中で火が燃え上がった気配がして、局見世の女郎が気づいたか、

「か、火事だ」

と叫ぶ声がした。

その声を聞いた牧造は西河岸から天女池に通じる蜘蛛道の闇に紛れ込んだ。

火事の声に妓楼の何軒かが反応した様子があった。なにが怖いといって吉原にとって一番恐ろしいものが火事だった。そのうちに大騒ぎになる。

「天水桶の水をかけろ」

「半鐘《はんしょう》を鳴らせ」

すでに騒ぎがあちらこちらで起こっていた。

牧造は天女池のほとりに出た。人影はなかった。それでも迷っていた。

（どうしたものか）

明後日の一の酉まで待つことなくこの火事騒ぎに乗じて大門の外に出るか。それともうひと晩孫市の床下で耐えるか。

牧造は迷っていた。

手に火縄《ひなわ》を持った神守幹次郎は、孫市の住まいにまた戻っていた。そして、上がり框に置かれた行灯に火を移した。

行灯の灯心に火が移り、ぼうっ、と孫市の住まいが浮かんだ。

主を突如失った狭い家は寒々としていた。

幹次郎は瞑目して合掌した。

母恋し　木枯らしの夜　夢絶えぬ

その頭に孫市の無念を詠んだ五七五が去来《きょらい》した。

両目を見開いた。

孫市が殺された翌日にこの部屋に立ち、佇まいを記憶していた。なにかが違う、と思った。

部屋の隅に積まれた夜具、整頓された台所の道具、着替えなどが入った風呂敷包みがいくつか。風呂敷包みがひとつなくなっていないか。ということはだれかが部屋に入ったということではないか。最前、訪ねたときは暗がりだった。ためにもう一度火縄を手に戻ってきたのだ。

(いつ、だれが)

幹次郎は土間の隅にあった備えの杖がなくなっていることに気づいた。

(牧造が戻ってきたか)

そのとき、火事騒ぎが始まった。

幹次郎は、行灯の火を吹き消すと孫市の住まいを出て、蜘蛛道から天女池のほとりに飛び出した。

開運稲荷の方角だ。大勢の人が詰めかけた気配が伝わってきて、火事が消し止められた様子がした。


牧造は天女池の対岸のお六地蔵の陰に座って幹次郎を見た。

(あやつだ)

あやつがおれの企てを阻《はば》みやがった。

牧造は、孫市が懐に拵えものの偽小判を持っていたことすら神守幹次郎のせいだと妄想していた。

(なにか仕返しして逃げ出す道はないか)

牧造は必死で考えた。

そのとき、幹次郎も気づいていた。

火事騒ぎは牧造が起こしたものだ。となると牧造は火事に乗じて大門を抜けるつもりだ。

幹次郎は蜘蛛道に入った。

その動きに誘われたように牧造もお六地蔵の陰から立ち上がって幹次郎を追いかけていった。

吉原に職を得て三年だ。喜の字屋の男衆の肩書を利用して、妓楼などに御用聞きに伺い、番頭や古手の女衆に、

「うちの台の物は他の喜の字屋さんの味に引けは取りません、それに半値です。工夫するところがあったら、料理人に伝えて変えさせます。お考えを聞かせてください」

などと腰を低くして如才なく言葉をかけ、馴染になっていった。そして、毎日のように顔を出し、己の顔を売り込んだ。

小田原屋の正太郎が顔を見せることが慣れっこになったころから妓楼や茶屋の物を盗んでは、仕入れついでに吉原から離れた場所の質屋に持ち込んで換金した。

その折り、素早く逃げられるように蜘蛛道がどう抜けているか、調べてきた。

牧造は、幹次郎が姿を消した蜘蛛道とは別の蜘蛛道を抜けて先回りした。

廓の中にある質屋伊豆屋《いずや》の路地に身を寄せて、幹次郎が来るのを待った。

息が弾んでいた。ともかく呼吸を鎮《しず》めることだ。牧造は、闇の中で呼吸をした。

足音が近づいてきた。
牧造は暗がりに身を沈め、細身の包丁を抜いた。
蜘蛛道を神守幹次郎の影が通り過ぎた。腰の大刀を立てて左手で摑んでいた。
鐺《こじり》が蜘蛛道に当たるのを防ぐためだ。
それを見た牧造は立ち上がると杖を左手に突き出して蜘蛛道に出た。数間先に
神守幹次郎の姿があった。
牧造は、足音を消して間合を詰めた。
あと一間まで迫った。
蜘蛛道は幹次郎の二、三間（約三・六〜五・五メートル）先で江戸町一丁目に
出る。
もはや猶予《ゆうよ》はない。
牧造は幹次郎の背に杖の先が触れるまで迫った。
その瞬間、幹次郎がくるりと後ろを振り返った。
「やはり廓内に潜んでおったか」
牧造は言葉が出なかった。
「牧造、孫市の夢を壊しおったな」

「金など奪ってねえ」

「いかにも懐のものは拵えものだ。孫市が貯めた金子は海辺大工町の一文菓子屋を居抜きで買うために費消された。それを知らずに孫市を殺めおったか、なぜだ」

「あやつがおれに気づいたからよ」

「そうか、そなたが襲いきたとき、孫市は気づいたか」

「後ろから首を絞めていたのに気づきやがった」

「なぜ気づいたか分かるか」

幹次郎の問いに牧造が黙り込んだ。

「そなたの体から鬢付け油が臭うのだ。そなたは気づかぬか知らぬがな、ただ今も路地奥から鬢付け油が薄く漂ってきた」

「くそっ」

牧造は杖を捨てると細身の包丁を両手で構えた。相手はいくら剣術の達人でも刀に手も掛けていない。自分の間合に入り込んでもいた。

「てめえも道連れだ。おまえが蜘蛛道で薄墨太夫と唇を寄せ合ったのをおれは見た」

「なんと」

「どうだ、おれを見逃せ。ならばおれもこの話忘れてやろうじゃないか」

幹次郎は薄墨の体面を考えた。そして、汀女との暮らしも崩れ去るのを頭に描いた。

無言の刻が過ぎた。

「いいだろう。行け」

幹次郎が身を蜘蛛道に寄せた。

「両手を後ろに回しな」

牧造が言った。

「大門からは出られぬぞ」

「抜け出てみせる」

牧造が細身の包丁の切っ先を幹次郎の心ノ臓に寄せると軽く突いた。小袖が切れ、切っ先が胸に触れて痛みが走った。血が流れ出るのを感じた。

「逃げられぬ」

「おまえはここで死ぬ」

牧造が細身の包丁に力を入れようとした。

その瞬間、幹次郎の足が牧造の股間を蹴り上げ、体を横にずらすと間合を空けた。

胸に痛みを感じながら幹次郎は、脇差を抜き上げると牧造の喉元を深々と斬り裂いていた。

げえっ！

と絶叫した牧造が江戸町一丁目に後ろ下がりに尻餅をついて倒れ込んだ。

江戸一から悲鳴が上がった。

倒れた牧造の体が痙攣するのを、悲鳴を聞いて駆けつけた仙右衛門らが凝然《ぎょうぜん》として見た。

幹次郎は血に濡れた脇差を片手に江戸一へとゆらゆらと出ていった。

「蜘蛛道で不意を突かれた、斬るしかなかった」

哲二は牧造が手に持つ細身の包丁に気づいた。金次が幹次郎の胸に視線をやり、

「神守様、血が出ているぞ」

「かすり傷だ」

と答えながら、幹次郎は、薄墨の秘密を守るために牧造の死は致し方なかったと己に言い聞かせた。

仙右衛門が幹次郎の顔を見て、

「ふうっ」

と大きな息を吐いた。

その息に誘われたように幹次郎の意識が遠のいていった。

四

幹次郎が仙右衛門らによって柴田相庵の診療所に担ぎ込まれたのは夜半のことだ。牧造に細身の包丁で突かれようとしたのを、横手に体を外した折りに切っ先が斬り込んだ傷は、長さ三寸半（約十・六センチ）、深さが五、六分（約一・五〜一・八センチ）ほどあった。致命的な傷ではなかったが出血がひどかった。

相庵はこのところ風邪で寝込んでいたが、孫弟子とお芳の看病でほぼ完治していた。さりながら病後のことで力が入らぬとぼやいていたそうだ。だが、神守幹次郎が傷を負わされたと知ると、自ら診断して孫弟子とお芳に指図をし、傷口を消毒して、

「おまえさんのことだ、数日もすれば傷もふさがろう」

と言いながら孫弟子といっしょにてきぱきと縫合《ほうごう》をしてくれた。そのお蔭で血止めがなった。

「だいぶ血が出たな。おまえさんは血の気が多い質《たち》だ。少しくらい流血したからといって大したことはあるまい」

と縫合を終えた相庵が、

「お芳、隣にわしの床をひとつのべよ。今晩は用心のためだ、ここに泊めるのだ」

と命じた。

「相庵先生、それがしなれば大丈夫にございます。家に戻ります」

と痛みに耐えて幹次郎が答えた。

「馬鹿を抜かせ、医者のわしが許さぬ」

「姉様が案じてはいかぬ」

と抵抗する幹次郎に、

「いや、今日ばかりは相庵先生の命に従ってくだされ。汀女先生にはわっしが知らせます」

仙右衛門も言い、幹次郎は相庵の隣に敷きのべられた布団に寝かせられた。

やはり出血のせいか頭がぼうっとしていた。痛みもあった。

「この男に傷を負わせるとはよほどの剛《ごう》の者か」

相庵の声が遠くから聞こえてきて仙右衛門が、

「いえ、喜の字屋の仕入れ方です」

「なに、町人じゃと」

「按摩の孫市を殺した野郎ですよ。こいつが蜘蛛道で神守様を待ち伏せしていたと思われます。不意を突かれた神守様は、この傷を覚悟で反撃し、脇差で喉元を断ち斬って始末されました」

という仙右衛門の声をかすかに耳に留めた。そして、

(薄墨太夫の秘密を守るためにも致し方なかった)

と己に言い聞かせながらふたたび意識を失った。


幹次郎は、みゃうみゃうと鳴く猫の声で意識が戻った。

(ああ、柘榴の家に戻っていたのか)

と考えながら目を開いた。

汀女と四郎兵衛の顔が間近にあって幹次郎を覗き込んでいた。さらに汀女の膝

の上に黒介がいた。

汀女の顔が綻《ほころ》んだ。

「どこにおるのだ」

「柴田先生のところですよ」

「おお、思い出した。姉様、番方に呼ばれたか。心配かけたが、もう案ずるな」

「案じてはおりませぬ」

「そうか」

と応じた幹次郎は閉じられた障子の向こうが明るくなっているように思えた。

「もはや朝を迎えたか」

「はい」

と四郎兵衛が答えた。

「えっ、七代目、それがし、ひと晩こちらで眠り込んだか」

「いえ、ふた晩ほど眠り込まれておりました」

と汀女が答え、

「日ごろの疲れがこの怪我で出たようで、鼾《いびき》を搔いてぐっすりとふた晩お休みでしたぞ」

と四郎兵衛も口を揃えた。

「喉が渇いた、姉様、白湯が飲みたい」

起きようとする幹次郎を汀女が止め、お芳が温《ぬる》めの白湯を運んできて、

「神守様、少しずつ飲んでください」

と口元に差し出した。

幹次郎は、汀女とお芳に首を支えられて白湯を何度かに分けて飲んだ。

「お芳さん、世話をかけたな。相庵先生はどうした」

と隣の寝床を見た。

「相庵先生は床上げを済まされました」

「幹どのの鼾を聞いたら風邪も治ったそうです」

とお芳と汀女が口々に言った。

「なんと、それがしの鼾でな。おお、そうじゃ、七代目、孫市殺しの牧造はどうなりました」

と口にすると、

「ご案じなさるな。こんどばかりは南町奉行所の桑平市松様が面番所の村崎同心の尻を叩かれて、番方らといっしょになって牧造の行状を逐一《ちくいち》洗い直していると

ころですよ。喜の字屋の奉公人の正太郎となっていた牧造がねぐらとして利用した店や、盗みを働いたと思える楼を洗い出しております。履物直しの常爺、小田原屋、それに物を盗まれたのに厄介ごとになると黙っていた妓楼など調べるところは結構ございましてな」

四郎兵衛が幹次郎に説明した。

頷いた幹次郎はいつの間にか寝間着に着替えさせられている自分に驚いた。それに顎の無精髭が伸びているのに眠りの長さを理解した。

「ああ、そうだ。五十間道裏の質屋鈴木屋ですがな。例の両刃造りは、五年前に盗まれたお旗本の手に返すと言うたら、がっかりしておりましたがな、牧造が小田原屋の長屋に香炉を残していたので、調べが済んだあと、そいつを渡すことで奉行所と話がついております」

「なんとも早い後始末にございますな」

「うちの大事な神守幹次郎様が傷を負った騒ぎです。会所の連中もね、必死に働いておりますのさ」

四郎兵衛が言うところに廊下に足音がして、診察着の相庵が姿を見せた。

「おお、目が覚めたか」

「相庵先生、迷惑をおかけ申した」

「そなたの鼾に悩まされたが、お蔭で風邪が完全に抜けた」

笑顔の相庵の後ろから仙右衛門、桑平市松、村崎季光の南町奉行所の同心ふたりが神妙な顔を見せた。

「迷惑をかけました」

と言葉をかける幹次郎に村崎が、

「油断じゃな、裏同心どの」

と言い放った。

「いかにも油断でございました。あやつ、われらより蜘蛛道を熟知しておりました」

「そのことですよ。牧造め、吉原の中にいくつも隠れ家を拵えているとは、油断でございました」

仙右衛門が応じ、

「命取りにならなくてよかった、ようございました」

としみじみ言い足した。

「番方、そなたには心配かけた。明日からそれがしも勤めに戻れる」

「ばかを言うでない。医者のわしが許さん。うちを出たら当分柘榴の家でな、静かにしておれ。かようなときしか会所はそなたを休ませてくれまい」

相庵が大声を発し、四郎兵衛も頷いた。

「油断なのか不意を突かれたか。ちょっと間違うと命が危なかったのじゃぞ、そのことを肝に銘《めい》じよ」

険しい顔で相庵が言った。

幹次郎の視線が桑平市松にいった。

「神守どの、それがし、油断とも不意を突かれたとも思わぬ。そなたが牧造から話を聞くことなく牧造を始末したには曰くがなくてはならぬ。だが、これ以上の無理はせぬことだ。面番所にも同心はおる、少しはあの者たちを働かせよ」

村崎同心が傍らにいるにもかかわらず言った。

「なんだ、わしらが手を抜いているような言い方じゃな。その言葉、取り消せ」

村崎同心が同輩に文句をつけたが、桑平は平然としたもので、

「おお、そうだ。そなたのお蔭で匕首の新三郎をお縄にすることができた。あやつ、結構な余罪があった。まあ遠島《えんとう》は免れまい」

と報告した。

幹次郎が意識を失っている間に諸々《もろもろ》が進行したことになる。

「相庵先生、それがし、いつまで診療所に世話にならねばなりませんか」

「まあ、今晩ひと晩と言いたいが、そなたが意識を取り戻したのなら待っておる病人もおる。今日の昼下がりには柘榴の家に戻ってよかろう」

と相庵が許しを与え、

「七代目、ここ当分は神守さんの勤めは無理ですぞ」

と皆の前で釘を刺した。


この日の昼下がり八つ半、幹次郎は浅草山谷の柴田相庵の診療所を番方の仙右衛門と足田甚吉に伴われて出た。

用意してきた仙右衛門に断わって、駕籠は帰させた。

「番方、駕籠屋にはすまぬことをしたが、駕籠なんぞに乗って診療所を出るとほんものの病人か怪我人になってしまう。足慣らしをして戻りたいのだ」

とそのわけを述べた。

「幹やんは岡藩のお長屋育ち、駕籠は似合わないやな」

「甚吉さん、駕籠が似合うとか似合わないの話ではない。神守様の傷は深手だったのだぞ」

「番方、そうは言うがこうして自らの足で歩いておるではないか。神守幹次郎、体だけは丈夫なのが餓鬼のころからの取り柄《とえ》だ。それとな、幹やんはそこそこの運を持っておる」

「甚吉、そこそこの運とはなんだ」

「幹やん、そなた、他人の女房になっていた姉様と手に手を取り合って脱藩し、とうとう逃げ果せて吉原に世話になり、一軒家の主になった。それを運と言わんでなんと呼べばよい」

甚吉の遠慮のない言葉遣いは、物心ついたときからの幼馴染だけが言い合えるそれであった。

「それがしの生涯は丈夫な体と運がすべてか」

「ああ、そういうことだ」

幹次郎の腰には脇差だけがあった。大刀は仙右衛門が手に提げていた。

三人が話しながら山谷堀の新鳥越橋に差しかかったとき、土手八丁を大勢の人がぞろぞろと三ノ輪《みのわ》の方角へと歩いていた。

「ああ、今日は鷲神社の酉の市であったか」

「一の酉でございますよ。七代目はさ、牧造の野郎をこの一の酉までに捕まえなければ新たな騒ぎが起こるのではないかと案じておられました。神守様のお蔭で野郎を始末できた、嫌な思いをまたさせましたがね。正直、吉原は神守様の英断にどれほど感謝していいか、分からないくらいでさ」

「番方、それが務めだ」

「いえ、務めなんて生半可《なまはんか》なもんじゃない。按摩の孫市には夢があった。亡きおっ母さんの知り合いだったおよね婆と一文菓子屋を営みながら暮らす夢だ。その夢を牧造のやつ、幻《まぼろし》にしてしまった。神守様があやつと蜘蛛道で対決したとき、どんなことを考えたか知らないがさ、孫市の夢を壊した牧造をわっしは許せない。孫市の仇を討ってくれたんだ、わっしはそう考えている」

仙右衛門は亡き孫市に言い聞かせるように呟いた。

幹次郎の気持ちに孫市の夢を壊した牧造への憎しみがなかったといえば嘘になる。だが、それよりなにより薄墨太夫の思慕《しぼ》を幹次郎は隠し果す責務があった。

「そうか、幹やんが按摩の孫市の夢を壊した野郎を面番所に渡さずに斬ったのは、仇討ちだったのか、考えもしなかったよ」

甚吉が呟いた。

「今日は吉原が大忙しの日だ。本来なればそれがしも汗を掻かねばならぬ日だ。番方、ここから吉原に戻ってくれないか。それがし、四郎兵衛様をはじめ、番方らの気持ちは十分受け取った」

幹次郎の言葉に首肯した仙右衛門が大刀を幹次郎の手に返した。

「こんなときでもないと休めませんや。ゆっくりとね、何日でも静養してください。吉原はわっしらが必ず守り通します」

と言い残した仙右衛門の背中が鷲神社に向かう人込みに消えていった。

吉原の　霜月かざる　酉の市

幹次郎のぼうっとした頭に言葉が散らかった。

ふたりになった幹次郎と甚吉は、西方寺《さいほうじ》の傍らの道を浅草田町一丁目の柘榴の家へと抜けようとした。

「幹やん、いつまで続けるつもりか」

「なんのことだ」

突然言い出した甚吉の顔を見た。

「なんのことだと、分かっているではないか。吉原会所の用心棒稼業よ。段々とご時世がせちがらくなってきやがる。これから吉原は牧造なんて町人くずれの悪《わる》だけじゃない、本物の悪が金目当てに襲ってくる。幹やんの命がいくらあっても足りぬぞ。姉様とふたり、なんとか暮らしが立つくらい稼いだであろうが。吉原会所を辞める潮時ではないかと言うておるのだ」

思いもかけない言葉だった。

幹次郎はしばらく甚吉の言葉をはっきりとせぬ頭で考えた。

「甚吉、それがし、吉原には多大な恩義《おんぎ》がある。だがな、その恩義を返すために奉公しておるのではない。むろん金子のためでもない」

「じゃあ、なんだ」

「うん、言葉にするといささか恥ずかしい」

「幼馴染だぞ」

「そうだ、われらは物心ついたときからの朋輩だな。会所の御用はな、それがしの生きがいと思えるのだ。だれかのために命を張ることができる務めだ。岡藩に勤める折り、それがし、ご主君のためなどと忠義心を感じたことはなかった。だがな、吉原では感じられるのだ」

「ならば訊く。だれのために命をかけるのだ」

甚吉の詰問《きつもん》にしばし考えた。

「だれというわけではない。たとえばこたび怪我をした騒ぎの折りは、按摩の孫市の命と夢を守り切れなかった。ゆえにそれがしは罰を受け、怪我を負った」

「屁理屈《へりくつ》だな」

「そうかもしれぬ。だがな、甚吉、それがしと姉様、吉原にそなたらの力は要らぬと言われるまで奉公しようと思う」

こんどは甚吉が無言を通した。すでに道の向こうに柘榴の家の門が見えていた。そこがわが家だった。

「損な性分《しょうぶん》じゃな。まあ、幹やんらしい言葉だがな」

と呟くように言った甚吉が、

「わしも奉公に行く」

と言い残すと料理茶屋山口巴屋へと足早に向かっていった。

幹次郎は友の背に会釈した。

門を潜ると乙女笹の間の飛び石に水が打たれていた。

幹次郎はゆっくりと飛び石を歩いた。そして、玄関の前で庭を見た。柘榴の木には、ひとつだけ盛りを過ぎた実が残っていた。

みゃうみゃう

と黒介の鳴き声が縁側から迎えた。視線を移すと、そこに江戸小紋を着た素顔の加門麻がいた。

なんと、と幹次郎は見間違えたかと思った。すると、玄関が開いて、

「お帰りなされ、幹どの」

と汀女が迎えた。

「麻様が」

「いかにも、加門麻様が幹どののお見舞いに見えました」

「そのようなことが」

「ございます。伊勢亀半右衛門様のお心遣いで今宵は、伊勢亀様が薄墨太夫を五つの刻限まで借り切られましたので。四郎左衛門様もお許しになられてお見舞いに来ていただきました」

と汀女が事情を告げた。

「なんということが」

「伊勢亀の大旦那様もうちの囲炉裏端でお待ちですよ。まずは麻様に挨拶してき

なされ」

と汀女が言い、幹次郎は枝折戸《しおりど》を押し開けて庭から縁側へと回った。

「大事のうてようございました」

「心配をおかけ申した」

麻が頷くと幹次郎に両手を差し出した。手にした大刀を受け取るためだ。幹次郎が渡すと麻が座敷の刀掛けに運んでいった。

幹次郎は縁側に腰を下ろし、柘榴の木に目をやった。そこへ麻が戻ってきて黙って座った。

「よう参られた」

「はい」

「この家はそなたの家でもある」

加門麻が幹次郎の横顔を見た。

「姉様もそう思うておられるであろう」

頷く麻の膝に黒介が乗った。麻の手が幹次郎の膝のそれに重なった。

麻にとって、束の間の夢幻であった。

二〇一五年四月　光文社文庫刊

光文社文庫

長編時代小説
夢《む》　幻《げん》　吉《よし》原《わら》裏《うら》同《どう》心《しん》(22)　決定版
著　者　佐《さ》伯《えき》泰《やす》英《ひで》

2023年2月20日　初版1刷発行

発行者　三宅貴久
印　刷　萩原印刷
製　本　ナショナル製本

発行所　株式会社　光文社
〒112-8011　東京都文京区音羽1-16-6
電話 (03)5395-8149　編集部
8116　書籍販売部
8125　業務部

落丁本・乱丁本は業務部にご連絡くだされば、お取替えいたします。
ISBN978-4-334-79465-1　Printed in Japan

組版　萩原印刷